MANGEUR D'ÂMES

ANGÈLE SPRING

© 2023 Angèle Spring
Édition : BoD – Books on Demand, info@bod.fr
Impression : BoD – Books on Demand, In de
Tarpen 42, Norderstedt (Allemagne)
Impression à la demande
ISBN : 978-2-3224-7444-8
Dépôt légal : Mai 2023

PROLOGUE

« La goutte s'anime sans aucune intervention humaine extérieure. Elle pointe une suite de lettres portant à notre attention la phrase terrifiante « Je suis là ».

Aujourd'hui, je fête mes 18 ans, enfin ! Pour l'occasion, une intime soirée en petit comité est organisée chez moi. J'ai invité Laurine, mon amie depuis la maternelle, son petit copain Marcus, Victoria que je connais depuis le collège et enfin celui qui compte le plus pour moi, mon cousin et meilleur ami, Théo. L'après-midi touche à sa fin et tout est enfin prêt. Je n'ai pas fait de grande folie, juste quelques amuses-bouches, des biscuits salées, des petits toasts et des boissons. J'ai également préparé une petite playlist sur mon enceinte connectée pour la musique.

La sonnette de la porte d'entrée retentit. Je m'y dirige et l'ouvre avec un grand sourire. Ils sont tous les quatre là. Laurine, avec ses cheveux blonds attachés en un chignon parfaitement bien réalisé, dans une robe bleue qui descend jusqu'aux genoux et chaussée de ballerines noires. Marcus, toujours aussi élégant avec sa chemise grise et son pantalon noir qui contraste bien avec sa peau légèrement hâlée. Victoria, belle brune aux cheveux mi-long détachés, vêtue d'un jean et d'une veste en simili cuir rouge, égale à elle-même, toujours dans la simplicité. Et pour finir, Théo, apprêté pour l'occasion d'un costume bon marché noir, le connaissant, sûrement acheté juste pour l'anniversaire. Il aime marquer le coup, enfin surtout pour s'attirer tous les regards. Il a même coiffé ses cheveux châtains bouclés vers l'arrière, tenus grâce à l'utilisation d'un gel.

Je les invite à entrer, je vois une sorte de planche dans les mains de Laurine. Je la questionne, intriguée.

— Qu'est-ce que tu as rapporté ?

— C'est une planche Ouija, je me suis dit que cela pourrait être sympa à faire en fin de soirée ! me répond-elle joyeusement.

— Depuis quand tu aimes ce genre de chose toi ? m'exclamais-je surprise. Nous n'avons jamais été friand de ces choses-là et n'y croyons absolument pas.

— Je l'ai trouvée dans une boutique d'occasion, je me suis dit que cela pourrait être drôle de l'essayer pour ton anniversaire. Sait-on jamais, il se passera peut-être quelque chose, ricane-t-elle.

— Et quand elle a une idée en tête, tu la connais, ajoute son petit copain. En tout cas, c'est chouette de la part de tes parents de nous avoir permis de célébrer l'événement dans leur maison ce soir.

— Oui. Très bien, nous testerons cela à partir de minuit. Histoire d'être encore plus dans l'ambiance, répondis-je amusée.

Les heures passent, après avoir mangé les trois quarts des victuailles prévues pour cette occasion et consommé la moitié des boissons, l'heure de se soumettre au test de l'Ouija est enfin arrivée. C'est toute excitée que Laurine va chercher sa planche qu'elle avait rangée sur la table de la cuisine. Nous nous installons au salon, plaçons la planche sur la table basse en bois et nous nous posons tout autour non sans avoir décalés le canapé en cuir noir et les fauteuils assortis pour nous faire de la place.

Dans le sens des aiguilles d'une montre, nous sommes installés, moi, Théo, Marcus, Laurine et Victoria. La planche est simple, une plaque en bois clair avec les lettres de l'alphabet, des numéros jusqu'à neuf, les mots oui, non, bonjour et au revoir inscrit dessus.

— À toi l'honneur, après tout, c'est ton anniversaire, me dit Marcus.

Je place donc deux doigts sur la goutte – un petit objet en bois avec un côté pointu et un trou à l'autre extrémité. Puis c'est au tour de mes amis d'en faire de même. Sans expérience sur le déroulement des séances, simplement qu'à travers les films, je ne sais vraiment pas comment commencer, mais je finis par me lancer.

— Bonjour, il y a-t-il quelqu'un avec nous ?

— Esprit es-tu là, plaisante Théo.

— Chut ! s'exprime Laurine. Vas-y continue Mya.

— Je ne sais pas quoi dire d'autre, lui répondis-je.

— Improvise comme tu peux, me dit Victoria.

Pendant une dizaine de minutes, je tente d'entrer en contact avec quiconque sans succès. Au moment où nous apprêtons à abandonner, la goutte se met enfin à bouger et montre le mot 'Oui'.

— Qui l'a fait bouger ? questionne la belle brune exaspérée soupçonnant l'un d'entre nous d'être à l'origine de la manifestation.

Nous lui répondons tous négativement. Nous retirons nos doigts de la planche pour prouver que nous n'y sommes pour rien. La goutte s'anime sans aucune intervention humaine extérieure. Elle pointe une suite de lettres portant à notre attention la phrase terrifiante « Je suis là ». Je me mets à hurler et instinctivement, je recule tout comme mes deux amies. L'ampoule qui éclaire la table au-dessus de nos têtes éclate, un courant d'air glacial envahit la pièce me faisant frissonner de tout mon corps jusqu'à ce que mes yeux se ferment et que je tombe dans les pommes. La suite de la soirée, je n'en ai aucun souvenir.

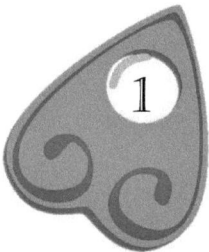

« Il se dirige ensuite vers une chambre et passe au travers de la porte sans l'ouvrir. »

Je me réveille enfin, je ne suis pas chez moi. Je suis dans une chambre d'hôpital tout à fait banale, une télévision trône au mur, ensuite le lit médicalisé où je suis allongée, à côté on remarque un fauteuil, une table de chevet monté sur des roulettes ainsi que la petite table qui sert aussi à poser le plateau de nourriture aux heures des repas. Que s'est-il passé ? Je regarde autour de moi. Il n'y a aucun effet personnel dans la pièce. Je me saisis de la petite commande qui a pour fonction d'appeler le personnel soignant, j'appuie sur le bouton et je patiente. Cinq minutes plus tard, une doctoresse fait son entrée.

— Bonjour, Mya, je suis le docteur Eléonore. Tu es enfin réveillée. Comment te sens-tu ?

— Perdue, pourquoi suis-je ici ?

— Tu ne te souviens pas de ce qui t'es arrivée ? Tu as perdu connaissance, nous avons fait plusieurs analyses pour déterminer ce que tu as, mais tout est normal. Cela ressemble à un malaise vagal, mais habituellement, cela ne dure pas aussi longtemps. Maintenant que tu es de retour parmi nous, nous allons reprendre tes constantes et nous te gardons en observation au moins pour cette nuit. Nous ne voulons prendre aucun risque. Tes parents sont à côté, veux-tu que je leur dise de venir te voir ?

J'acquiesce, les souvenirs me reviennent, la séance de Ouija, l'ampoule, le froid… Qu'est-ce qui a bien pu arriver ? Mes parents passent la porte, ma mère est dans un état d'anxiété perceptible d'ici, ses yeux verts sont rougis, ses cheveux bruns en bataille. Quant à mon père, beaucoup moins expressif d'habitude, semble également inquiet, il remonte ses lunettes sur son nez tout en me regardant avec ses yeux noisette. Ma mère me prend dans ses bras, m'examine sous toutes les coutures pour voir si je n'ai rien. Ils me submergent d'une multitude de questions auxquelles je n'ai pas le temps de répondre car nous sommes interrompus par une infirmière qui vient prendre mes constantes. Tout est normal. Cela semble les soulager. Les heures passent et la fin du temps imparti aux visites arrive. Juste avant de partir, après mille bisous reçus de ma mère, elle se souvient qu'elle a mon téléphone dans son sac et me le remet pour que je puisse joindre mes amis. De nouveau seule, je prends mon smartphone dernier cri. Je constate que j'ai des messages de Laurine, Victoria et Théo. Je réponds à chacun d'eux, leur dis que tout va bien et essaie de savoir ce qui s'est passé lors de la soirée. Je reçois une demande de conversation visio avec tout le groupe, j'accepte.

— Alors ma belle ! Tu nous as fait une belle frayeur ! commence mon cousin.

Je raconte alors ce dont je me souviens et j'en discute avec eux. Ils sont tous perplexes concernant le déroulement de cette soirée. Ils n'ont pas d'explication pour la goutte qui a bougé toute seule, ni pour la chute brutale de température, un courant d'air ? Mais tout était fermé. Pour l'ampoule, une hausse de tension a-t-elle pu la faire exploser ? Nous ne savons pas si cela est possible. Quant à mon malaise, peut-être l'émotion… Nous cherchons des causes scientifiques, logiques, plausibles sur les évènements de la soirée. Ne croyant pas aux esprits, nous ne voulons pas émettre cette possibilité, même si nous avons tous un doute au fond de nous suite à cette expérience. Nous discutons une bonne partie de ce qui reste de la soirée. La conversation achevée, je m'allonge confortablement dans le lit. Les images ne cessent de défiler dans ma tête. Je n'arrive pas à comprendre.

Au petit matin, les infirmières reprennent de nouveau mes constantes et me font une nouvelle prise de sang pour analyses. Pour ma part, je me sens parfaitement bien. Juste un peu déboussolée par les événements, mais c'est tout. Les visites n'ayant lieu que l'après-midi, j'ai donc la matinée pour moi. Je décide de sortir un peu de ma chambre. Je me promène calmement dans les couloirs blancs de l'hôpital. Des chariots laissaient par le personnel trainent aux abords des chambres, des bips retentissent de différents endroits. En parcourant les lieux, je vois une personne qui semble un peu perdu, il est habillé avec une blouse réservée aux patients, il regarde un peu partout. Il semble rechercher quelque chose. Il se dirige ensuite vers une chambre et passe au travers de la porte sans l'ouvrir. Je n'en crois pas mes yeux. J'ai halluciné, ce n'est pas possible. Ce doit être la fatigue ou les effets secondaires d'un médicament ? Oui, ça doit être ça. Je préfère retourner dans ma chambre, déboussolée par ce que je viens de voir. Devant ma porte se trouve une infirmière. J'en profite pour lui poser la question.

— Excusez-moi, pouvez-vous me dire si vous m'avez donné un médicament quelconque ?

— Vous êtes Mya Meillare, c'est bien ça ? demande-t-elle.

— Oui, c'est bien moi.

— Nous n'avons aucun traitement pour vous, nous vous gardons seulement en observation.

— Ah, c'est vrai ? D'accord…

— Tout va bien ?

— Oui, parfaitement bien. Merci, conclue-je en retournant dans ma chambre.

Que m'arrive-t-il ? Surement la fatigue, les émotions, l'ambiance des lieux. Oui, ça doit être ça, c'est forcément ça.

Suite aux résultats normaux des analyses, rien ne justifie de me garder encore en observation. Ils me fournissent donc les papiers de sorti et je repars avec mes parents à la maison. Cela fait du bien de retrouver son chez soi. Mais une sensation désagréable m'envahit quand j'entre dans le salon, là où la séance de Ouija a eu lieu. Vu mon malaise, c'est probablement normal. Je prends donc la direction de ma chambre, un endroit rien qu'à moi, mon univers. Elle n'est pas bien grande, mais j'aime bien. Les murs sont de couleur grisâtre-taupe, un parquet en bois, meubles blancs, un lit haut avec des caisses de rangement en dessous et sur le mur au-dessus de celui-ci, un grand panneau confectionné par mes soins où j'accroche des photos de mes amis et moi, de nos soirées, de nos délires, de nos vies d'adolescent. Des souvenirs gravés à jamais sur ces supports en papiers. Quand j'ai un coup de déprime, j'aime m'installer sur mon lit et les contempler. Je me souviens de chaque moment immortalisé sur les clichés et cela me redonne le sourire. C'est peut-être ça le secret du bonheur. En tout cas, pour moi, cela m'aide. J'arrête de papillonner et je prends mon ordinateur portable posé sur mon bureau. Comme je l'ai déjà dit, je ne crois pas au paranormal, mais depuis ce que j'ai vécu, cela m'obsède. Je recherche donc des articles sur le Ouija. Je trouve un peu de tout. Mais en général, il est indiqué qu'il ne faut jamais faire de séance si :

-Vous ne vous sentez pas prêt.

-Vous avez peur.

-Vous ne savez pas garder un parfait contrôle de vous-même.

-Vous n'avez pas lu un maximum sur le spiritisme, les esprits, et leur fonctionnement.

-Vous n'êtes pas accompagné d'un médium ou d'un spirite sérieux possédant une grande expérience dans le domaine.

-Votre seul but est de vous amuser, de vous faire peur, ou de rechercher le danger.

-Vous n'avez aucun intérêt pour l'apprentissage ésotérique et spirituel.

-Vous ne savez pas comment gérer les problèmes liés aux esprits et vous protéger d'eux, et/ou n'êtes pas accompagné d'une personne expérimentée sachant le faire.

Nous avons au moins cinq points concordant avec ce qui est écrit. Ce n'est pas très rassurant, mais en même temps, plutôt logique. Concernant les dangers, ils notent que la menace de l'utilisation de la planche de l'Ouija se réside dans l'imprévisibilité des résultats, puisque l'interlocuteur invoqué n'est pas forcément celui à qui l'on pense. Et même si l'invocation précise une entité bien définie comme l'âme des défunts, le résultat peut ne pas être conforme à notre attente. Selon les victimes d'une expérience d'Ouija, même avec des précautions, les résultats sont bouleversants et inquiétants. D'autres sont en effet victime de manifestations difficilement explicables.

Je ne suis pas sûre que la lecture de ces articles fût une si bonne idée que ça. Un mauvais pressentiment m'envahit. Dois-je en parler aux autres ? Je dois y réfléchir, la nuit porte conseil.

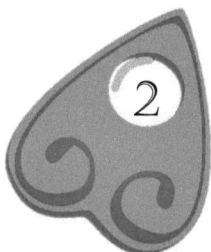

« Je peux ressentir mon teint devenir livide. Je ne réagis plus. »

Nous sommes déjà lundi, je reprends le trajet de l'école. Il ne faut pas que je prenne de retard avec mes cours. À la fin de l'année, je passe mon BAC. Je suis dans la même classe que Victoria, nous avons pris le cursus littéraire. Laurine et Marcus sont eux en bac ES – économique et social. Quant à Théo, il travaille avec son père dans le bâtiment en tant que maçon.

Après une matinée bien chargée entre les cours de Français, de Mathématiques et d'Anglais, l'heure du midi a enfin sonné. Après un rapide passage au self, nous nous dirigeons vers le CDI – le centre de documentation et d'information – du lycée. Vu le temps pluvieux et glacial qui sévit dehors, ils sont nombreux à avoir fait comme nous. Il y a toujours quelques personnes qui viennent, mais c'est quand il pleut ou qu'il fait froid que la bibliothèque scolaire est la plus fréquentée, voire est complète. C'est le cas aujourd'hui, les fauteuils près des caisses où se trouvent divers livres sont tous occupés. Les tables mises à disposition des personnes qui souhaitent travailler sur leur cours sont majoritairement encombrées. En effet, il ne reste plus qu'une table de libre et vu le nombre de personnes qui déambulent entre les rayons, nous nous hâtons de nous y installer. Il y a aussi une seconde pièce juste à côté dotée d'ordinateurs au cas nous aurions besoin de faire des recherches, mais ce n'est pas pratique pour un groupe comme nous.

Il y a du bruit et comme à son habitude Madame Joreck s'énerve en nous criant « CHUT ! ». C'est le genre de bibliothécaire stricte comme on en voit dans les films. La vieille avec des lunettes, pas du tout aimable, qui regarde tout le monde de travers. Si elle a le malheur de nous reprendre une seconde fois, nous sommes virés du CDI pour la journée. Je vois un jeune homme s'approcher d'elle, brun au cheveux courts, habillé dans un uniforme de l'ancienne école. Il se place devant elle, lui fait de nombreuses grimaces juste devant son visage. Etonnamment, elle ne semble pas le voir.

— Il a du courage ce type devant Madame Joreck, dis-je à mes amis.

Ils regardent dans la direction que je leur indique et semblent interloqués.

— Il n'y a personne Mya, qu'est-ce que tu racontes, me répond Laurine.

À ce moment, un déclic se fait dans ma tête. Personne ne le voit, il porte un pantalon et une veste noire avec un petit motif sur le côté gauche. Je peux voir également la chemise blanche qu'il porte en dessous, c'est l'ancien uniforme de l'école à l'époque où il était obligatoire, ce qui n'est plus d'actualité. Et si c'était un esprit ? Est-ce que je peux voir les fantômes ? Comme à l'hôpital ? Je peux ressentir mon teint devenir livide. Je ne réagis plus. Mes amis commencent à s'inquiéter de mon état. Je me reprends et tente de me rattraper en disant que c'est juste une blague de mauvais goût. Je ne sais pas s'ils me croient, mais au moins, nous passons à autre chose. Enfin, pas tout à fait, je regarde le jeune ado et je vois qu'il me dévisage également.

Je détourne la tête aussitôt, mais il semble m'avoir vu l'observer. Il se dirige vers moi, se place à mes côtés, sur ma droite et me dit.

— Tu me vois ? Je t'ai entendu parler de moi et j'ai vu ton regard sur moi ! C'est la première fois que quelqu'un me voit. C'est trop génial, je peux enfin communiquer avec quelqu'un !

Ce n'est pas possible, je dois halluciner. Je deviens peut-être schizophrène ? Les esprits n'existent pas. C'est forcément dans ma tête. Je fais semblant de ne pas le voir ni l'entendre. Ce n'est pas évident, il parle sans arrêt. Il est fou de joie.

Le reste de mon après-midi de cours se passe avec ce jeune accroché à mes bottes. Impossible de me concentrer sur mes leçons. Il fait tout son possible pour que je réagisse, me parle, bondit devant moi, essai de me faire peur pour s'assurer que je le vois bien. Malheureusement pour ma santé mentale, il réussit son coup à plusieurs reprises et cela l'encourage à en faire davantage. Je n'ai qu'une hâte, que la journée s'achève. En espérant qu'une fois que j'aurai quittée l'établissement, il ne me suive pas encore jusqu'à chez moi ! Quand enfin la dernière sonnerie retentit, je me précipite vers la sortie. En passant le grand portail en fer noir de l'établissement, j'entends l'esprit me prier de revenir, de ne pas partir. Ouf, il ne peut pas me suivre !

Sur le trajet, Victoria, qui habite la même rue que moi, commence à me questionner.

— Dis-moi, tout à l'heure, tu as bien vu ce type au CDI. Ne me dis pas le contraire, j'ai vu ta tête, ton regard et la façon dont tu t'es comportée le reste de l'après-midi. Je suis certaine qu'il t'a suivie, tu as sursauté sans raison, tu avais le regard ailleurs. Je voyais bien que tu évitais certains points précis, que tu te concentrais sur autre chose et que tu avais du mal à suivre ce qui se disait et se passait autour de toi.

— Depuis quand tu crois à ce genre de chose toi ? lui répondis-je sur la défensive.

— Je vais t'avouer quelque chose. Je me pose beaucoup de question depuis ton anniversaire. Je ne sais pas si tu étais au courant, mais ma tante est médium. Je n'ai jamais vraiment cru en ce qu'elle faisait, mais cela me trottait tellement dans la tête que par curiosité, je suis allée la voir. À peine avais-je passé la porte de sa boutique qu'elle s'est mise à paniquer et m'a aussitôt demandé ce qu'il m'était arrivée. Je l'ai bien entendu interrogée pour savoir pourquoi elle me questionnait de la sorte. Elle m'a dit que quelque chose de maléfique m'entourait, qu'il se passait une chose inquiétante. T'imagines comment je me suis sentie sur le moment, j'étais déboussolée, ne comprenant rien. Elle m'a invitée à l'arrière de sa boutique pour discuter plus confortablement autour d'un thé. Je lui ai donc raconté la soirée. Elle a fait une mine horrible et s'est affolée en disant qu'il ne faut jamais jouer à ce jeu surtout pour des novices. Elle m'a fait un speech et m'a dit que nous avons fait venir un être maléfique qui s'est accroché à nous. Pour finir, elle m'a prodiguée tout un tas de sort de protection ou je ne sais trop quoi. Bref, elle m'aurait dit tout ça après que je lui ai raconté notre soirée, je serais encore septique, mais le fait qu'elle s'affole juste ne me voyant… Cela me fait douter. Je la vois plutôt régulièrement et elle n'avait jamais réagi comme ça auparavant. C'est donc troublant cette coïncidence, tu ne trouves pas ? Me dit mon amie.

Je m'arrête sans m'en rendre compte, ce que vient de m'avouer Victoria me terrorise. Je lui raconte donc les événements qui se sont déroulés de mon côté, à l'hôpital et à l'école. Je vois dans son regard qu'elle me croit, qu'elle ne me prend pas pour une folle. Je suis soulagée, j'ai un poids en moins sur la poitrine. Enfin presque, car tout cela n'est pas rassurant du tout. Pourquoi vois-je des esprits ?

— Veux-tu aller voir ma tante ? Elle pourra peut-être nous en dire plus ? J'avoue que sur le moment je n'ai pas pensé à lui demander et elle ne m'en a pas parlé, mais il y a peut-être un moyen de se défaire de tout ça, me demande gentiment mon amie.

— Je vais y réfléchir, merci, mais il me faut du temps pour tout digérer, lui répondis-je en reprenant ma route vers chez moi. Je suis un peu perdue là. J'ai l'impression de faire un rêve.

— Je comprends. Si tu as besoin, je suis là. Je te crois. Tu peux m'appeler quand tu veux.

Je prends Victoria dans les bras, lui fais un sourire et regagne mon logement. Pas besoin d'en dire plus. On se comprend. Dois-je aussi en parler aux autres ? Seront-ils aussi ouverts d'esprit qu'elle ? Connaissant Laurine, je ne pense pas. À moins qu'il n'y ait aussi des choses étranges qui lui arrivent. En tout cas, elle ne m'en a pas parlé.

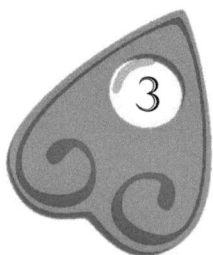

« Je glisse de ma baignoire en manquant de peu de me briser la nuque. »

C'est une nouvelle journée d'école. La première partie de la journée se passe sans encombre, pas de nouvelle de mon nouvel ami invisible. Mais pas de chance pour moi, il finit par réapparaître en début d'après-midi. C'est reparti pour ma mission « tenter de l'ignorer ». Victoria a vite compris qu'il là en notre compagnie. Je ne dois pas être très douée pour cacher mes émotions. Je ne sais pas ce qu'il me veut et je me vois mal parler à un fantôme. Surtout devant tous mes camarades de lycée. J'imagine bien être la risée de l'établissement, la folle qui parle toute seule, la tarée. Très peu pour moi. Il va tout de même falloir que je trouve une solution, je ne vais pas pouvoir continuer comme cela très longtemps. Mais dans l'immédiat, j'ai autre chose à faire. Les cours terminés, nous allons avec mon amie voire sa tante. J'y ai réfléchi toute la nuit et je pense que c'est la meilleure chose que nous puissions faire pour le moment.

Arrivée devant la porte blanche de sa boutique, mon cœur bat très vite. J'appréhende ce qu'elle va me dire. Mais il est trop tard pour faire demi-tour. Victoria a déjà mis un pied à l'intérieur et a annoncé notre venue. J'entre donc à mon tour, indécise. Je découvre les lieux. Contrairement à ce que j'aurais pensée, la pièce est plutôt sobre. Des murs blancs, une table basse en bois, des fauteuils en cuirs noirs, un meuble de rangement en bois où l'on peut apercevoir des cartes de tarot et de divination, plusieurs types de pierres différentes, des pendules divinatoires, des encens et pleins d'autres babioles de ce genre. La médium prend tout de suite les choses en main.

— Oh, mes pauvres enfants ! Venez, installez-vous ! Nous invite-t-elle.

Nous nous installons et lui expliquons les évènements qui m'arrivent. Elle reste là, à nous écouter, bougeant la tête légèrement de haut en bas en réfléchissant. Après notre narration des faits, elle prend à son tour la parole.

— J'aimerais déjà vous expliquez ce que sont les esprits, comment cela fonctionne. Tout d'abord, sachez que les anges et les démons existent bel et bien. Mais non, nous n'allons pas au paradis ou en enfer quand nous mourrons. Quand nous rendons l'âme, nous nous réincarnons dans un autre corps. Vous avez déjà dû entendre parler d'histoires concernant des personnes se souvenant de leur vie antérieure. C'est comme ça. Sauf pour les personnes tourmentées ou qui ont un objectif non atteint sur terre. Un meurtre non résolu, l'ignorance de la cause de leur décès, par exemple. Ceux-là, leurs esprits restent emprisonnés dans notre monde sans pouvoir rejoindre leurs prochaines affectations. Ce qui m'intrigue dans ce que vous me dites et surtout ce que je vois. C'est que tu ais le don de les voir. Je vois le mal t'entourer également tout comme Victoria, mais il y a quelque chose d'autre que je n'arrive pas à identifier et que je n'arrive pas à comprendre. Comment et pourquoi tu as la possibilité de les voir, je n'en ai aucune idée.

— Vous parlez d'un don, c'est plutôt une malédiction ! m'exprimais-je.

— Tout dépend comment on voit les choses. J'imagine très bien que de vivre avec ça, voir des entités que personne d'autre ne voit, n'est pas facile à vivre. Cela peut être une malédiction dans le fait que tu doives t'accoutumer à ce qui t'entoure et que personne ne peut comprendre. Mais tu peux le voir comme un don, tu as la possibilité d'aider ces esprits vagabonds à trouver la sérénité et de pouvoir enfin se réincarner dans un nouveau corps. Trouve le pourquoi de son tourment et aide-le à s'en débarrasser. Vous y trouverez la paix tous les deux.

Je ne sais pas quoi répondre à ses propos. Dois-je réellement le voir comme un don ? Je reste encore sur mon idée de malédiction et je lui demande :

— Je ne peux pas m'en débarrasser ? Et ne pouvez-vous pas nous aider à nous défaire de cette chose qui nous angoisse ?

— Je suis médium, je ne fais pas de miracle malheureusement. Je ne peux pas vous aider davantage. Vous allez devoir chercher vos réponses ailleurs. Bien-sûr, je ne vais pas vous laissez tomber. Victoria reste ma nièce. Je vais faire mon enquête de mon côté, mais pour le moment, c'est tous ce que je peux faire pour vous. Je vais te prodiguer si tu le veux bien une protection également. Mais mon pouvoir s'arrête là.

De retour chez moi, j'appelle mon cousin et meilleur ami Théo. Je tombe sur son répondeur, puis mon téléphone se met aussitôt à vibrer. Il me rappelle.

— Hey ! Comment tu vas ? dis-je en décrochant.

— J'ai connu de meilleurs jours, mais ça va ! Et toi ?

Dois-je lui parler de tout ce que je vis en ce moment ? Il va me prendre pour une folle. Je décide de me taire pour l'instant.

— Oui, qu'est-ce qui t'arrive ?

— Je dois avoir la poisse en ce moment. Je glisse de ma baignoire en manquant de peu de me briser la nuque. Au travail, j'ai failli plusieurs reprises me faire mal, je me suis même coupé avec l'un de mes outils. Rien de grave heureusement ! Ce n'est pas ma semaine, c'est tout.

Une boule se forme dans ma gorge, est-ce lié aux événements qui nous arrivent ? Je devrais sûrement lui conseiller de faire attention. Mais comment ? Je sais ce qu'il va me dire, que je deviens parano… Et si je lui en parlais en présence de Victoria. Je serais peut-être plus crédible. Je ne lui dis rien pour le moment, je conviens d'un rendez-vous au café avec lui ce week-end, ça me laissera le temps de voir avec mon amie comment aborder les choses.

À la fin de notre discussion qui a duré une demi-heure, nous raccrochons après nous avoir souhaité une bonne soirée. Il me reste encore un peu de temps avant de dormir. Je choisie de prendre mon ordinateur portable sur le lit avec moi. Je tape sur le moteur de recherche « accident lycée MacHyr ». Je fais défiler les rubriques jusqu'à un article qui m'intrigue. « Décès d'un élève victime de harcèlement à l'école ». Je clique dessus et commence ma lecture. L'article concerne le geste d'un élève de seconde qui se serait pendu dans les toilettes de l'établissement ne supportant plus les moqueries qu'il subissait de ses camarades. En effet, il était le cancre de la classe et les autres se moquaient de lui constamment. Une photo accompagne le texte. Mon cœur s'emballa. C'est bien le jeune adolescent que j'ai vu au lycée. Cela confirme mes craintes, je vois bien les esprits. Puis-je réellement faire quelque chose pour lui ? Si j'arrive à faire en sorte qu'il puisse trouver la paix, je pourrais enfin suivre mes cours sans avoir à subir ses interventions à longueur de journée. Il me faut trouver le moyen de pouvoir discuter avec lui à l'abri des regards.

Ça va être ça, ma vie, dorénavant. Tu joues à un malheureux jeu de Ouija, tu te retrouves avec un mal inconnu à tes bottes, et en plus, tu vois des fantômes. Quelle joie ! j'ai l'impression de vivre dans un rêve. Je suis peut-être dans une sorte de coma duquel je vais me réveiller à tout moment ? J'en serais tellement soulager. Malheureusement, je sais au fond de moi que cela est bien réel et cela m'effraie. Que vais-je devenir ? Tu parles d'un don ! Une vraie malédiction, j'en suis convaincue. Je ne changerai pas d'avis là-dessus, j'en suis certaine. Devoir faire semblant de ne rien voir, mentir à mes proches… Je ne trouve pas vraiment d'avantage à cette situation. Maintenant, il faut que je me démène pour libérer le fantôme de cet ado pour que lui comme moi ayons la paix. Quelle plaie !

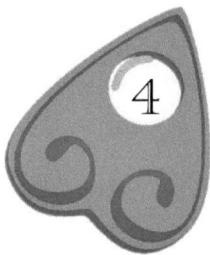

« Je me suis senti partir petit à petit. »

J'expose mon projet à Victoria. Nous travaillons notre plan au détriment de l'écoute du cours de français. L'esprit est présent avec nous et commente tous ce que nous nous disons. Cela m'exaspère, mais au moins, il est également au courant de notre machination. Cela la rendra sûrement plus facile à exécuter.

C'est donc pendant le cours d'histoire-géographie que je me lance. Je demande à Mme Pravi si je peux sortir, car je ne me sens pas très bien. Bien-sûr, nous n'avons pas choisi cette heure au hasard. C'est la professeure la plus gentille. Elle ne dit jamais non. Certains en profitent, comme moi aujourd'hui. Je me sens un peu coupable, mais je dois le faire si je veux être débarrassé de ce fantôme définitivement. Avec son accord, je sors de la classe et me dirige vers les toilettes des filles. Je vérifie qu'il n'y a personne dans les trois cabines vertes. Ceci étant, je peux enfin discuter avec cet esprit. Je ne sais vraiment pas par quoi commencer, que lui dire. Je me sens bête de parler à cet être que je suis seule à voir. Lui semble toute excité et prend aussitôt la parole.

— Chouette ! Tu veux bien enfin me parler ! Je m'appelle Pierre, mais je crois te l'avoir déjà dit. Comment cela est possible que tu me vois ? Tu peux m'aider ? Je ne comprends pas ce qui m'arrive, pourquoi suis-je ici ?

— Ok, du calme ! chuchotais-je. Je veux bien t'aider, mais il faut que tu me dises ce que tu sais. De quoi te rappelles-tu ?

— Eh bien, pas de grand-chose en fait… Je n'ai aucun souvenir…

— Tu ne te souviens pas de ce que tu as fait ?

— Comment ça ? Qu'est-ce que j'ai fait ?

— Tu t'es suicidé… Tu t'es pendu dans cette école.

— Quoi ? Mais pourquoi j'aurais fait une telle chose ! C'est horrible comme mort ! Impossible !

— Tu ne te souviens pas de t'être fait harceler par tes camarades ?

— Non, tu mens !

J'ai peut-être été un peu trop directe. Je ne suis pas passée par mille chemins. Mais comment aborder les choses ? Ce qui est fait est fait de toute manière.

Devant la réaction de Pierre, je décide de pianoter sur mon téléphone pour retrouver l'article que j'ai lu hier soir. Après quelques minutes de recherche, je le montre à l'intéressé. Sa tête se décompose. Ses yeux deviennent livides, il semble être à mille lieux d'ici. Je l'appelle plusieurs fois sans avoir de réaction de sa part. Agacée, je commence à vouloir quitter les lieux, c'est à ce moment qu'il revient à lui.

— Tu… Tu as raison… Je ne me souviens maintenant. Toute cette haine envers moi. Il n'y avait pas une journée sans que l'un d'entre eux n'ait un mot malveillant envers moi. Je recevais même des coups. J'étais persécuté, les enseignants ne disaient rien, ne voulaient pas voir ce qui se passait. J'étais le cancre, le punching-ball de la classe. J'étais plein de rancœur. Ils s'acharnaient sur moi. J'ai fini par craquer après une énième brimade. J'ai réussi à décrocher un rideau, me suis dirigé vers les toilettes des garçons. Je me vois monter sur les lavabos, accrocher le tissu sur les tuyaux au plafond, mettre l'autre bout autour de mon cou après avoir fait un nœud coulant. Puis, je me suis lancé, je me suis laissé tomber du lavabo, mes pieds ne touchaient plus le sol. Je me suis senti partir petit à petit.

Une lueur blanchâtre se met à envelopper Pierre. Il parait soudain apaisé. Un grand sourire se dessine sur ses lèvres et il me dit merci, puis, il disparait petit à petit de ma vue. Je ne sais pas quoi penser. C'est tout ? Je reste là perplexe. Je ne serais dire ce que je ressens en ce moment même. Du soulagement, de la tristesse… Je suis triste de ce qui lui est arrivé, mais il semble maintenant en paix. Du moins, je le suppose vu comment il est parti. Grâce à moi, il n'erre plus dans les couloirs de cet établissement. C'est une bonne chose, en fait, il fallait juste que je lui parle, que je lui rappelle. Un demi-sourire s'esquisse sur mon visage. Je suis contente pour lui, il a enfin trouvé le repos. Il va pouvoir revivre une nouvelle vie, meilleure j'espère.

Je retourne en classe et fait un signe de tête à Victoria pour lui faire comprendre que tout s'est bien déroulé comme nous le souhaitions. Elle émet un soupir de soulagement et nous reprenons la suite des cours. Évidemment, à la pause, je lui raconte tout. Elle semble contente pour moi et pour lui. Je retrouve enfin ma vie normale au lycée. Je peux me retrouver avec Laurine et Marcus sans devoir faire semblant que tout va bien. D'ailleurs, nous allons de ce pas les rejoindre. J'avoue les avoir un petit peu évités à cause de tout cela. Je vais enfin pouvoir être de nouveau moi-même. Pour fêter ça, j'invite mes amis à prendre un verre ce soir après l'école, bien-sûr, sans donner la vraie raison. Je dis juste que ça fait longtemps que l'on ne sait pas retrouver tous ensemble. Ce qui est vrai.

Comme convenu, nous nous sommes retrouvés à la brasserie près de chez nous. Nous nous installons à notre table habituelle au fond de la pièce. C'est un établissement sans prétention de quartier. Un grand comptoir de bar en bois avec des tabourets plus quelques petites tables collées à la vitrine. Je commande un diabolo grenadine, Laurine et Marcus un Coca et Victoria un Sprite. Nous nous racontons notre journée, parlons des professeurs, des derniers potins sur nos camarades. Nous rigolons, plaisantons. J'en oublie tous mes soucis, je ne pense plus à rien. Je profite juste du moment présent. Cela me fait un bien fou.

Au moment de partir, je reçois un appel de ma mère. Elle est en pleurs.

— Mya, il faut que tu rentres. Il faut que je t'annonce quelque chose.

— Qu'est-ce qui se passe ? m'inquiété-je.

— Je ne peux rien te dire au téléphone, il vaut mieux que tu sois là.

— D'accord, j'arrive toute suite.

Je raccroche et mon regard se dirige vers mes amis qui m'observent avec des airs interrogateurs et en même temps préoccupés. Je leur explique la situation et prends rapidement mes affaires. Je sors affolée de la brasserie et court vers mon domicile. J'arrive toute essoufflée. Je rentre et vois ma mère ainsi que mon père sur le canapé du salon tous les deux les larmes aux yeux. Mais qu'est-ce qui se passe enfin ? Ils m'invitent tous deux à m'asseoir. Je n'ai jamais senti mon cœur battre aussi fort dans ma poitrine. Que vont-ils m'annoncer ? Peut-être qu'ils vont divorcer ? Non, ils ne seraient pas tous les deux dans cet état et ils ne s'enlaceraient pas de cette manière pour se réconforter l'un l'autre. Tous les scénarios possibles s'entremêlent dans ma tête. Je vois bien qu'ils n'osent pas prendre la parole. C'est en retenant ses larmes que ma mère peut enfin me narrer les faits qui se sont produits précédemment.

— Mya, ce que nous avons à te dire n'est pas facile. C'est à propos de Théo.

Mon cœur semble vouloir s'extraire de ma poitrine.

— Il y a eu un accident à son travail. Il était sur le toit d'un bâtiment… Il a basculé et est tombé… Malgré les mesures de sécurité prises, cela ne l'a pas empêché de faire une chute de deux étages. Il était en arrêt cardiorespiratoire, les secours sont vite arrivés sur les lieux et ils avaient réussi à le réanimer. Mais malheureusement, pendant le trajet à l'hôpital son cœur s'est de nouveau arrêté. Cette fois, ils n'ont rien pu faire…

Ma mère s'est de nouveau écroulée dans les bras de mon père. Il m'a fallu un moment pour percuter. Des larmes se sont mises à couler malgré moi sur mes joues. Tous cela est ma faute… Ce n'est pas possible. Ça ne peut pas être vrai. Pas Théo, mon cousin, mon meilleur ami. Je refuse. Je cours dans ma chambre, claque ma porte et m'écroule sur mon lit. Je prends mon téléphone et l'appelle. Il va me répondre, ce n'est qu'une très mauvaise blague. Je tombe directement sur son répondeur… Je balance mon smartphone à travers la pièce et hurle dans mon oreiller. Je passe le reste de la journée et de la nuit cloîtrée ici à pleurer toutes les larmes de mon corps.

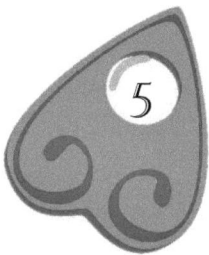

« D'un coup, son esprit s'enflamme et disparaît dans un éclat écarlate. »

C'est le jour des funérailles. Je m'habille de ma robe mi-longue entièrement noire que j'ai achetée pour l'occasion. Je voulais être parfaite pour dire un dernier adieu à mon meilleur ami. Je coiffe mes cheveux en un chignon serré et me maquille légèrement. J'oublie le mascara, eye-liner ou encore le fard à paupière. À part me faire un regard de panda, cela ne servira à rien. Mes larmes ne cessent de couler et ce n'est pas aujourd'hui que ça ira mieux. J'enfile ensuite mes petites bottines de la même teinte que ma tenue et je descends rejoindre mes parents dans le salon. Nous avons tous le regard absent, chacun dans ses propres pensées. C'est en silence que nous prenons la route jusqu'au cimetière.

Sur place, mon oncle et ma tante, ses parents, sont déjà présents. Nous avançons vers eux pour les saluer, les soutenir et présenter une nouvelle fois nos condoléances. Petit à petit, d'autres membres de la famille arrivent ainsi que des amis et collègues de travail de Théo. Victoria, Laurine et Marcus arrivent ensemble. Ils avancent tous vers moi et me prennent dans leur bras pour me consoler.

Pendant la cérémonie, mes souvenirs m'envoient quelques années auparavant.

J'ai huit ans, je suis dans ma chambre avec Théo. Une grande maison de poupée en bois est posée sur le sol près de mon lit en baldaquin. Mon cousin s'amuse avec pendant que moi, je note dans mon journal intime mes sensations du moment. Je ne jouais pratiquement jamais avec la maison. Mes parents voulaient la vendre pour faire de la place. Je refusais, je voulais la garder pour lui. Il adorait se divertir avec. Il ne pouvait y jouer qu'ici, chez moi. Son père refusait qu'il puisse avoir des jouets pour

« fille ». Ce n'est pas un jeu pour un garçon disait-il. Alors il le lui cachait, cela était devenu notre secret.

Quelqu'un m'appelle. C'est à mon tour de faire un discourt. Je me lève et me dirige vers le pupitre qui se trouve devant le cercueil. Je ravale un sanglot avant de prendre la parole.

— Nous étions inséparable depuis notre naissance. Je n'arrive pas à croire que tu sois parti. Tu étais beaucoup trop jeune pour mourir. Tu vas énormément me manquer. Tu seras toujours présent dans mon cœur. Nous ne t'oublierons jamais, mon cousin, mon meilleur ami.

Je n'arrive pas à en dire plus, mes larmes coulent abondamment sur mes joues. Je sanglote tellement que je n'arrive plus à parler. Cela est trop dur. J'ai besoin de prendre un peu de distance avec les personnes présentes ici. Je préviens juste mes amis et je m'éloigne. Au loin, je vois une silhouette que je reconnaîtrais entre mille. Théo. Il me regarde d'un air attristé. Je pars toute suite à sa rencontre. J'ai envie de sauter dans ses bras, mais je sais que cela est impossible. Pourquoi est-il encore là ?

— Salut cousine, me dit-il arrivée à sa hauteur. J'aurais tellement de chose à te dire, mais je dois faire vite. Il m'a laissé juste un moment pour que je te passe un message. Il veut que je te dise que vous lui appartenez à présent. Il veut que vous sachiez également qu'il est là et qu'il ne vous lâchera pas malgré toutes les protections que vous pourrez invoquer contre lui. Il est déterminé.

— Comment ça ? Qui ?

— Je suis tellement désolé… J'aimerais pouvoir t'aider…

D'un coup, son esprit s'enflamme et disparaît dans un éclat écarlate. Que vient-il de se passer ? Je reste là, ébahie. Il n'est pas parti comme Pierre, le fantôme de l'école. Qu'est-ce que cela veut dire ? Que cette entité qui en a après nous lui a pris son âme ? Je n'ai plus le choix, je dois en parler à mes fidèles amis.

Je retourne à la cérémonie et attend sa fin pour les inviter à la maison pour en discuter.

Nous sommes tous installés dans ma chambre. Je ne sais pas par où commencer. Victoria, voyant ma détresse prend la parole à ma place et leur explique le déroulement des événements récents et inquiétants qui sont survenus ces dernières heures. Je complète son argumentaire par la vision de Théo au cimetière. Ils nous regardent tous les deux avec de grands yeux. Je les vois perplexe, décortiquant nos paroles.

— Nous n'avons eu aucune expérience de notre côté. Vous êtes sûres de ce que vous dites ? Finit par dire Marcus.

— Entre ma tante, ce que vois Mya et maintenant Théo… Même si je n'aurais jamais pensée dire ça un jour. Oui, je suis certaine qu'il se passe quelque chose, intervient Victoria.

— Qu'allons-nous faire alors ? demande Laurine.

— Je n'en sais rien, mais je voulais que vous soyez au courant. Je n'ai rien dit à Théo, je ne voulais pas passer pour une folle. Et je le regrette. J'aurais dû lui parler plus tôt. Peut-être que son accident aurait pu être évité, conclus-je.

— Tu n'aurais rien pu faire. Pour l'instant, nous ne savons rien sur ce qui nous arrive. Tu n'es pas responsable de ce qui s'est passé, me répond ma camarade de classe.

— Je propose que nous allions voir ta tante savoir si nous aussi nous sommes sous l'emprise de l'être maléfique. Ensuite, eh bien, nous ferons des recherches pour savoir à quoi nous avons à faire et trouver le moyen de neutraliser la menace, soumet Marcus.

— Tu penses que c'est aussi simple que ça ? lui répondis-je pessimiste.

— Il faut bien commencer par quelque chose. Nous verrons bien ou cela nous mène.

C'est ainsi que nous repartons voir la tante de Victoria. Malheureusement, elle nous confirme que nos tourtereaux sont également impliqués tout comme nous. J'en profite pour lui expliquer comment se sont évaporés l'esprit de l'école ainsi que celui de Théo. Elle nous explique alors qu'elle n'est pas trop calée sur la démonologie, mais que cela pourrait surement être un mangeur d'âme. Seulement, elle ne peut pas nous en dire plus. Une dame quinquagénaire entre dans la boutique. Un homme, légèrement plus âgé la suit. Tous disent bonjour à la femme, mais semblent ignorer l'individu qui l'accompagne. Encore un esprit ? La médium s'excuse, son rendez-vous vient d'arriver. Elle m'observe en même temps. Elle ne paraît pas voir le fantôme comme je peux moi le voir. Mais vu comment elle me regarde, elle doit ressentir sa présence. Elle examine mon attitude et me fait un signe de tête compréhensif. Elle pose sa main sur mon épaule en signe de compassion et nous accompagne vers la sortie.

La journée se termine et a été assez pénible comme ça. Nous décidons de remettre nos recherches à demain et de nous reposer un peu. Du moins, essayer autant que cela est possible. Je rentre donc chez moi. Je ne prends même pas la peine de manger quelque chose. Je me dirige directement vers ma chambre, me change rapidement pour me mettre en pyjama et me glisse sous ma couette bien au chaud. Je suis épuisée. Beaucoup trop d'émotions pour moi aujourd'hui. Je suis éreintée, j'ai peu dormi ses derniers jours. La fatigue prend le dessus sur moi. Je m'endors dans les bras de Morphée à peine ai-je fermé les yeux.

« Elle se fit interner dans un hôpital psychiatrique. »

Je me réveille, mais quelque chose cloche. Je me redresse et vois ma chambre dans un état délabré. Les murs sont fissurés, mon lit est détruit, les photos juste au-dessus sont toutes déchirées, mon sol est calciné. Que s'est-il passé ? Je me sens dans un état second, comme si je n'étais pas vraiment là. Je me lève et passe la porte, du moins, ce qu'il en reste. Le couloir est dans la même situation. Les cadres accrochés sont cassés, de travers, prêts à tomber. Je me dirige vers l'escalier. Les marches sont à deux doigts de s'effondrer, je dois faire attention où je mets les pieds pour ne pas dégringoler. La rampe ne m'est d'aucune aide, elle est complètement détériorée et instable. Quand j'arrive enfin au rez-de-chaussée, je m'avance par automatisme vers la porte d'entrée. Je vois Théo qui se volatilise devant mes yeux pour laisser place à un homme avec une longue cape noire capuchonnée. Je n'arrive pas à voir son visage. Pourtant il est tourné vers moi, mais à la place, c'est un trou noir. Il me tourne ensuite le dos et s'en va. Je veux le suivre, mais je n'arrive plus à bouger. Je suis comme paralysée.

***

J'ouvre les yeux. Je suis encore dans mon lit. Ce n'était qu'un cauchemar. Je respire profondément, examine ma chambre. Tout est parfaitement normal. Avec toutes ces émotions, mon esprit est trop sollicité. Je décide d'aller manger un peu, pas que j'ai spécialement envie de grignoter, mais mon corps me réclame de la nourriture. Je tombe sur mes parents dans la cuisine, l'ambiance est toujours sinistre. La perte de mon cousin nous affecte tous beaucoup. Si seulement je pouvais leur en parler. Mais que pourrais-je dire ? Nous avons invoqué sans le vouloir un être maléfique qui veut s'en prendre à nous. C'est à cause de cela que Théo est décédé. Ah et je vois également des fantômes maintenant. Ils m'enverraient dans un hôpital psychiatrique à la seconde même de ma confession. Ils n'ont vraiment pas besoin de ça pour le moment.

Mon petit déjeuner pris, je retourne dans ma chambre et prends mon ordinateur pour entamer mes recherches. Devant la barre des tâches de mon navigateur Google, je réfléchis. Comment elle a appelé la créature déjà ? Je fais appel à ma mémoire quelques minutes. Un mangeur d'âme, il me semble que c'est ça. J'essaie. Je tombe sur énormément d'informations de toutes sortes. Cela va me prendre un temps fou pour tout lire et étudier ces données. On y trouve de tout, du probable à de l'irrationnel. Certaines rubriques semblent du domaine du possible, d'autres de l'aliénation mentale de certains olibrius. Comment faire la part des choses entre le réel et l'imaginaire ? Les joies d'internet.

Après des heures de recherche, j'examine une page qui me semble intéressante. C'est le témoignage d'une personne qui en a été victime. Elle décrit - d'après les recherches qu'elle a elle-même menées après l'expérience qu'elle a vécue de son côté - les mangeurs d'âmes s'incrustent quand des personnes sans connaissance ésotérique s'amusent à faire des séances occultes. Elle profite de leur ignorance pour pouvoir s'insinuer en eux.

C'est ce qui lui est arrivée lorsqu'elle a effectué une séance de spiritisme afin d'entrer en contact avec sa mère décédée. Elle n'a pas utilisé de Ouija, de pentacle, de pendule ni rien. Elle s'était simplement mise en cercle avec des proches qui ont bien voulu la soutenir autour de bougies allumées. Dans la pénombre, éclairé simplement par la lumière des flammes. Ils ont invoqué l'esprit de sa défunte mère, ils ont eu une réponse. Mais pas celle qu'elle espérait, mais ça, elle ne l'a su que plus tard. Elle a commencé à voir des personnes qui n'étaient pas réellement là. Elle pensait devenir folle et consomma des médicaments contre la dépression. Puis, l'un de ses proches passa de vie à trépas. Un accident malheureux. Bien-sûr, elle n'avait pas fait le rapprochement. C'est seulement quand une deuxième personne de son cercle mourut également qu'elle commença à s'interroger. Et si ce qu'elle voyait était bien réel et non pas dû à une maladie mentale ? Elle ne voulait pas y croire, elle était dans le déni le plus total. Ce qui a bien facilité la poursuite de l'œuvre démoniaque de l'être maléfique. Elle faisait des cauchemars de lieux familiers délabrés avec toujours la présence de cet homme bizarre. La troisième est dernière personne présente lors de la séance de spiritisme décéda à son tour. Ses cauchemars s'accentuèrent et ces paysages morbides lui apparaissaient même lorsqu'elle était réveillée. Cette fois, elle était persuadée d'être folle. Elle se fit interner dans un hôpital psychiatrique. Bourrée de médicaments en tout genre. Ses souvenirs de son séjour là-bas sont très vague. Elle se rappelle seulement son envie de vaincre la maladie. De combattre cet être qui l'a hantée pendant si longtemps. Elle ne sait plus très bien comment, mais elle a réussi à se sortir de son emprise. Dans son monde si lugubre et délabré. Le seul endroit où elle pouvait le voir et l'atteindre. Elle s'excuse de ne pas pouvoir être plus précise et de ne pas pouvoir en dire plus. Mais elle a voulu faire part de son expérience afin que cela puisse servir à d'autres personnes novices comme elle qui pourraient être tentées par la pratique de l'occultisme.

Tout cela est très vague, très peu de détails. Mais c'est toujours mieux que rien. Je regarde mon téléphone, mes amis sont encore en cours. Je suis dispensée de lycée, mais pas eux. Je dois attendre la fin de la journée pour leur en parler. Je poursuis mes recherches, sans grand succès.

Je regarde l'heure. C'est bientôt la fin des cours. J'en ai assez de rester chez moi devant mon écran. Je décide de rejoindre mes amis à la sortie de l'établissement scolaire. J'enfile ma veste noire en simili cuir ainsi que mes baskets et prends la route. L'air frais de dehors me fait du bien. Je marche jusqu'à destination tout en me plongeant dans mes pensées. Je ne vois donc pas la fin de mon trajet. Devant l'établissement, je vois déjà certains lycéens sortir. Je guette si j'entrevois mes amis. C'est Victoria que j'aperçois en première. Je lui fais de grands signes pour qu'elle me voit. C'est au tour des amoureux de faire leur apparition. Nous quatre enfin réunis, nous nous trouvons un coin tranquille sur un banc pas très loin d'ici. Marcus a une petite mine et Laurine semble préoccupée. Se sont-ils disputés ? Je n'ose pas poser de question pour ne pas risquer d'envenimer les choses.

Au moment où j'allais prendre la parole. Une jeune femme d'une vingtaine d'années, habillée comme dans les années 70, avec son pantalon patte d'éléphant multi couleurs avec un T-shirt blanc et veste marron s'assoit à côté de nous sans aucune gêne. Je la regarde estomaquée. Je suis la seule à sembler la voir. Super, encore un fantôme. Elle se met à pleurer. Je ne sais pas vraiment où me mettre dans une telle situation. Elle relève la tête et me fixe. Elle est surprise.

— Vous pouvez me voir ? Oh ! Enfin ! Aidez-moi, je vous en supplie !

Comment dois-je réagir ? Devant mon air hébété, mes amis me demandent si je vais bien et ce que je regarde comme ça. A quoi bon leur mentir à présent ?

— Il y a un fantôme assis juste à côté de Victoria. Une femme, dis-je avant de m'adresser à cette dernière. Comment puis-je vous venir en aide ?

— Je… Je ne sais pas. Je ne sais pas où je suis. Je ne comprends pas ce qui m'arrive, sanglote l'objet de ma vision.

Mes amis me dévisagent avec de gros yeux ronds. Je pense qu'ils ne savent pas comment réagir. Tout comme moi. Comment vais-je pouvoir aider cette personne ?

— De quoi vous souvenez vous ?

— D'absolument rien. Je ne me rappelle même pas de mon propre nom ! Je ne reconnais pas les lieux. Je suis simplement attirée par cet endroit. Et puis, personne ne semble me voir ! Tout le monde m'ignore ! Vous êtes la première à me parler depuis… depuis je ne sais même pas combien de temps. Je ne sais pas depuis quand je suis ici, gémit-elle de plus belle.

Comment puis-je l'aider si je ne sais rien d'elle ?

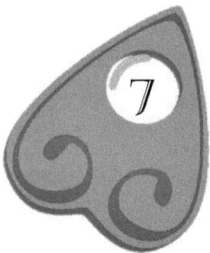

« Je le sens qui s'énerve, il veut dégainer son épée, mais se rend compte qu'il ne l'a pas. »

Je me sens démunie. Nous sommes repartis, je ne supportais plus la détresse de cet esprit. Je ne vois pas comment je peux lui venir en aide. J'ai le cœur déchiré de la voir comme ça et j'ai l'impression de l'abandonner à son sort. Mais que puis-je faire d'autre ? Je pense que je vais éviter cet endroit à présent. Je n'arriverais pas à la regarder de nouveau en constatant mon impuissance. Je culpabilise. Mais ce n'est pas le plus urgent. C'est peut-être cruel de dire cela, mais j'ai plus important à faire.

Trouver comment nous sortir de ce cauchemar. Nous avançons sans but vraiment précis. Nos tourtereaux semblent ailleurs. C'est donc en marchant que je leur raconte ce que j'ai découvert sur le net aujourd'hui.

— En parlant de ça… commence Laurine hésitante.

— Je suis le prochain, coupe son amoureux.

Je m'arrête, abasourdit.

— Comment ça ?

— Je me sens observé depuis ce matin et j'ai cru entendre une sorte de voix lointaine, bizarre. Une voix d'homme monstrueuse. Je deviens peut-être simplement parano, je ne sais pas. Mais c'est grave flippant.

— Et comme nous n'avons aucune protection… Victoria a contacté sa tante, mais elle n'est pas disponible actuellement. Elle sera là demain. Va falloir attendre. J'espère juste que cela ne sera pas trop tard… finit sa copine la gorge serrée.

— Nous allons tout faire pour que ça n'arrive pas, tente de rassurer Victoria.

Mais ce ne sont que des paroles. Aucun de nous ne sait comment faire pour le protéger. L'épée de Damoclès est au-dessus de sa tête et nous sommes impuissants.

De retour chez moi, mes parents m'annoncent que nous partons quelques jours afin de tenter de nous changer les idées. Comment dire que je ne souhaite pas du tout m'en aller avec ce qui se passe en ce moment. Mais ne pouvant rien dire, j'acquiesce gentiment. Nous prenons la route demain dans la matinée. Je dois donc préparer ma valise. J'y mets des vêtements, produits d'hygiènes et de beautés, chargeur, ordinateur portable… enfin tout ce qu'une lycéenne pourrait avoir besoin. J'espère qu'il y aura le Wifi là où nous allons. J'envoie un petit SMS à mes amis pour leur signaler ce petit changement de programme. Bien-sûr, ils ne m'en veulent pas. Ce n'est pas moi qui décide. Je croise les doigts pour que tout se passe bien et les supplies de me tenir informer de tout.

***

Je n'ai pas beaucoup fermé l'œil de la nuit. Je comate un peu dans la voiture. C'est plutôt silencieux dans l'habitacle. Mes parents parlent surtout de ce qui concerne le trajet, les routes à prendre. Ils ne se font pas la tête, je le sais. Mon père pose même sa main sur la cuisse de ma mère. Mais cela fait bizarre de les voir ainsi. C'est compliqué pour eux depuis le décès de Théo. Il était comme un fils pour eux. Ils ont du mal à s'en remettre. Comment leur en vouloir ? Nous sommes tous impacté par cette perte. Si seulement ils connaissaient toute l'histoire…

Arrivée à destination, j'examine les lieux. Nous sommes dans un camping, à la place des mobil-hommes que nous trouvons le plus souvent dans ce genre de lieu, ce sont des chalets en bois. Nous sommes entourés d'arbres. C'est un espace vraiment paisible. Je peux déjà entendre chanter les oiseaux qui se pavanent tranquillement et joyeusement sur les branches. Notre emplacement à le numéro 66. J'entre à l'intérieur et découvre la décoration. Pratiquement tout est en bois brut. Une grande table avec des bancs, le mobilier de la cuisine… J'aime beaucoup le charme que cela donne à cet endroit. Sur la droite se trouve les toilettes ainsi que la chambre parentale. De l'autre côté, la salle de bain ainsi qu'une seconde chambre, la mienne. Je prends ma valise et sors mes affaires. En retirant mon ordinateur du sac, je me demande si avec tous ces arbres, je vais avoir du réseau. Je prends mon téléphone dans poche et vérifie. Ce n'est pas parfait, mais cela devrait suffire pour communiquer avec mes amis. J'en profite d'ailleurs pour leur envoyer un petit message pour leur dire que je suis bien arrivée et prendre des nouvelles de Marcus. Je retourne ensuite auprès de mes parents. Nous partons explorer un peu mieux le voisinage. À quelques pas se trouve un point d'eau où barbotent bruyamment plusieurs canards. Dans d'autres circonstances, j'aurais vraiment adoré ce week-end détente dans ce genre d'endroit. J'espère pouvoir y retourner un jour avec mes amis… Je dois rester optimiste, sinon, nous n'y arriverons jamais.

Je reçois enfin un texto de Laurine. Marcus va bien, ils ont pu aller voir la tante de Victoria. Elle croise les doigts pour que cela ne soit pas trop tard. En tout cas, plus aucune voix entendue depuis. J'expire de soulagement. C'est déjà une bonne chose. Même si je sais au fond de moi que cela ne va pas nous protéger longtemps, nous avons au moins gagné un petit peu de temps. C'est toujours ça de pris.

En retournant dans notre chalet, j'aperçois un homme vêtu bizarrement. Il porte un chapeau avec une grande plume blanche, des collants blancs et une sorte de tunique bleu nuit et blanche avec une cape accrochée avec une lanière couleur or. Il me fait penser à un bourgeois du XVI siècle. Il se déplace d'un air affolé regardant tout autour de lui.

Je l'entends dire :

— Où suis-je ? Qu'ont-ils fait à mes terres !

Je détourne le regard avant qu'il puisse m'apercevoir. Je ne me vois pas discuter avec un esprit en présence de mes parents à mes côtés. Ils penseront sûrement que je deviens schizophrène. Je continue de marcher normalement. Le fantôme nous aperçoit. Ils s'approchent de nous.

— Vous là, halte ! Qui est-vous ? Que faites-vous ici ? Vous êtes sur mes terres !

Voyant que nous l'ignorons, il continue.

—Comment osez-vous m'ignorer ! Je vous ai demandé de vous arrêter ! Ne savez-vous donc pas qui je suis !

Eh bien, malheureusement non… Mais je ne peux rien lui dire. Je le sens qui s'énerve, il veut dégainer son épée, mais se rend compte qu'il ne l'a pas. Il semble hébété et la cherche partout. Cela le perturbe tellement qu'il nous oublie. Et moi, je me sens soulagée qu'il ne nous suive pas davantage. Je devrais peut-être tenter de connaître son identité. Mais je ne sais pas si je pourrai l'aider. Je ne suis pas convaincue qu'il soit très coopératif nous prenant pour des intrus, surtout si je lui annonce qu'il est mort… Cela risque d'être très délicat et je ne me sens pas dans en état de mener à bien cette mission. Je suis complètement nulle en passeuse d'âmes. En même temps, je ne l'ai pas demandé ! Je me sens fatiguée. Que cela soit physiquement, mais surtout, nerveusement. Je ne sais pas combien de temps je vais réussir à tenir à ce rythme-là. Je ne vais même pas pouvoir profiter de ce week-end. Si je me promène, je risque de retomber sur lui et qu'il comprenne que je peux le voir et qu'il ne me lâche plus du séjour… Je me vois mal rester naturelle avec un esprit qui me crie dessus parce que je ne lui réponds pas. Et qui, apparemment, voudrait nous embrocher avec son arme disparue.

Et puis, même si je découvre qui il est, arriverais-je à l'apaiser ? Il ne semble pas très heureux de retrouver ses terres telles qu'elles sont aujourd'hui. Je ne suis pas sûre que même en engageant le dialogue, cela puisse arranger les choses. Je le ressens comme une intuition, il ne partira pas tant qu'il n'aura pas retrouver ses terres dans l'état qu'il les a connus de son vivant. Chose impossible à faire. Peut-être qu'on ne peut pas aider tous les esprits errants. Je ne sais pas, mais c'est ce que je préfère me dire pour me sentir moins coupable. Une simple excuse, sûrement, mais qui me permet d'avancer.

Par curiosité, je prends tout de même mon ordinateur pour entamer des recherches après le repas. Malheureusement, le réseau n'est pas assez puissant pour réussir à charger les pages internet. Cela règle le problème. Même si j'avais voulu, je n'aurais rien pu faire pour lui. Pas actuellement. J'essaie de passer à autre chose et vais me coucher.

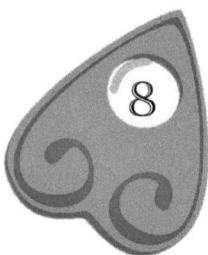

« C'est à ce moment que je me souviens que son grand frère est décédé dans la maison. »

Je suis réveillée par une odeur âcre. J'ouvre les yeux. Ils me piquent, au point que des larmes se forment. Je les essuie du revers de mon bras puis me redresse. Je me demande ce qui se passe et regarde autour de moi. Je découvre la pièce carbonisée. Une substance d'aspect noirâtre s'est formée sur les murs et le sol. De la suie. Que s'est-il passé ? Où sont mes parents ? Je me lève d'un bond et accours dans leur chambre. Il n'y a personne. Tout le chalet est dans le même état. Je sens une montée d'angoisse m'envahir. J'ai du mal à respirer. Je sors. Le paysage est un véritable enfer. Tous les arbres autours de moi sont calcinés, il n'en reste que des branches vides, sans âmes. Il pleut de la cendre. Je m'avance, je peux encore apercevoir quelques braises encore chaudes à certains endroits. Je continue mon chemin vers le point d'eau découvert hier. Il n'y a plus rien, il est totalement desséché. Aucune trace d'animaux. Plus précisément, plus aucune trace de vie nulle part. J'ai l'impression d'être la seule personne encore vivante ici. Puis j'entends un rire lointain derrière moi. Je me retourne. Il est là, à quelques mètres de moi. Cet homme avec sa longue cape noire encapuchonnée. Il m'observe un moment puis s'en va dans la direction opposée. C'est à cet instant que j'aperçois quelque chose dans son dos. Je suis malheureusement trop loin pour bien voir ce que cela représente. Je remarque juste une forme ronde, mais je ne discerne pas les détails de celui-ci.

***

Cette fois, je me réveille vraiment. Je sais que cela n'était qu'un simple rêve. Mais cela paraissait tellement réel. J'en ai des frissons dans tout mon corps. Je me dépêche d'aller voir mes parents de peur qu'ils ne soient plus là. Quand j'ouvre la porte de ma chambre, ils sont bien présents. Ma mère me regarde.

—Tu es toute blanche ma chérie. Tu vas bien ? Me demande-t-elle.

—Oui, dis-je en soupirant. Simplement un cauchemar.

—Je comprends. Viens t'asseoir, je vais te préparer un petit quelque chose à manger, cela te fera du bien.

L'avantage, si on peut dire que c'en est un, c'est qu'avec tout ça, mes parents ne me posent pas de question sur mon état. Il me faut du temps pour faire mon deuil pensent-ils. Cela me facilite un peu les choses, pas d'explication à donner. En même temps, comment dire que non, que je ne suis pas en train de faire mon deuil. Je n'ai pas le temps pour cela, je ne peux pas me réjouir et me dire qu'il est parti. Je n'ai toujours pas trouvé le moyen de me débarrasser de ce spectre. Pour le moment, mon cerveau n'a pas encore tout assimilé concernant sa mort. Pas tant que ce monstre sera à nos trousses. Pas tant que nous serons tous en danger.

***

Le week-end s'achève et nous prenons la route de la maison. Je reçois un appel de Laurine qui m'explique que les voix qu'entend Marcus sont revenues et sont de plus en plus fortes. Il se sent constamment observé. Il devient fou et angoissé. Elle ne sait pas ce qu'il faut faire pour l'aider. Elle se sent impuissante. Sa mère n'est pas là, elle travaille de nuit. Elle me demande si je peux venir les rejoindre. Victoria est déjà en route. Je me dirige aussitôt vers mes parents, le téléphone toujours à l'oreille. Je raconte que mon amie ne va pas bien, que cela concerne son petit copain et qu'elle aimerait que je puisse être présente à ses côtés. Je fais abstraction des détails bien entendu. Ils se regardent un moment, puis ma mère hausse les épaules en me donnant son accord. Je les remercie et prends rapidement quelques affaires tout en confirmant à Laurine que j'arrive.

Evidemment, je suis la dernière sur les lieux. Mon amie m'ouvre la porte et je vais directement dans le salon rejoindre le reste du groupe. J'aperçois Victoria et Marcus, mais pas que... Un autre jeune homme de notre âge environ est aussi présent. Il ressemble énormément à mon camarade. Teint hâlé, yeux marrons, cheveux décoiffés bruns. C'est à ce moment que je me souviens que son grand frère est décédé dans la maison. Une triste histoire. Ses parents et Marcus s'était absenté dormir chez des proches à eux, Mickael n'avait pas souhaité les accompagner. Il en avait profité pour organiser une soirée. Il avait consommé beaucoup d'alcool et des personnes présentes ce soir-là avaient amené de la drogue. Il me semble que c'était de la poudre blanche… de la cocaïne. Il n'en consommait pas, mais dans l'ambiance, les idées embrumées par les effets de l'alcool, il s'est laissé prendre au jeu. Malheureusement, il a fait une overdose. Il en est décédé…

—Mya ? Qu'est-ce que tu as ?

La voix de Laurine me tire de mes pensées. Je regarde Marcus. Son teint devint encore plus livide qu'il ne l'était.

—C'est mon frère, c'est ça. Il est encore dans la maison, me demande-t-il.

Je lui confirme. Son frère comprenant que je peux le voir me demande :

—Comment ça se fait que tu puisses me voir ?

—C'est une très longue histoire. Sais-tu ce que tu fais ici ?

—Oui, je suis un fantôme, j'en suis conscient.

Je poursuis ma conversation avec Mickael tout en répétant à mes amis ses paroles.

—Pourquoi restes-tu ici ? Pourquoi n'es-tu pas en paix ?

—Je suis en paix, je reste juste pour être avec mes proches.

—Non, c'est faux. Je suis sûr qu'il est là parce que ma mère culpabilise de sa mort. Elle se dit tout le temps que pour avoir agi comme ça, c'est qu'il ne devait pas aller bien et qu'elle aurait dû le voir. Elle aurait dû s'en rendre compte, être plus attentive, ne pas le laisser seul. Sans compter qu'après cela, mes parents ont divorcé. Mon père a pété un câble et il est parti. Je n'ai moi-même plus aucune nouvelle de lui.

—Mon petit frère toujours aussi perspicace. Je l'avoue, si je n'ai pas trouvé la lumière, c'est parce que je m'en veux de leur avoir fait subir tout ça. J'ai été un imbécile, je voulais faire la fête, m'amuser tout simplement. J'aimerais que ma mère sache que j'allais bien. J'étais juste un jeune abruti. Elle ne doit pas s'en vouloir.

—On pourra lui dire tout ce que l'on veut, on ne la changera pas. Elle a toujours été comme ça, elle s'en voudra quoi que l'on fasse. Et si elle savait que tu n'as pas trouvé la paix, elle ne s'en remettra pas. Alors tu vas me promettre de t'en aller ! Tu vas arrêter de culpabiliser ! Ce qui est fait est fait, nous ne pouvons plus revenir en arrière. Moi, je te pardonne et maman le fera aussi ! lui dit Marcus après que je lui ai répété les mots émis par son frère.

D'un seul coup, un rire retentit. Personne ne semble l'avoir entendu, sauf Marcus qui s'est raidi aussitôt. Il me regarde et me demande si moi aussi j'ai discerné cette voix. J'acquiesce d'un signe de tête.

—Alors je ne suis pas fou... Je suis bien condamné. Il va venir me chercher, dit mon ami lâchant un soupir désespéré.

À ses paroles, j'entends Laurine retenir un sanglot. Mickael me demande ce qui se passe. Je l'informe du possible sort qui attend son frère. Aussitôt, il s'écrit ;

—Non, non, non...Je refuse qu'il t'arrive quelque chose. Ce n'est tout simplement pas possible. Pas toi. Pas encore... Maman ne s'en remettra jamais.

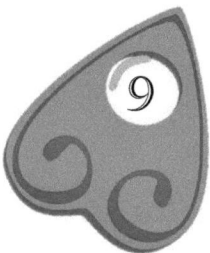

« Cette scène d'horreur s'immortalise dans nos esprits à jamais. »

Nous avons passé la nuit à discuter, à étudier toutes les solutions envisageables sans en trouver une de valable. Nous tournons en rond et cela met tout le monde sur les nerfs. Nous nous rendons compte du temps qui a passé quand la mère de mon ami franchie la porte d'entrée, de retour de son travail. Elle est surprise de nous voir tous là et nous demande si nous allons bien en voyant nos têtes fatiguées par le manque de sommeil et la tristesse de perdre un être proche. Mais elle ne cherche pas plus loin. Elle connait bien la difficulté de faire le deuil d'une personne qui nous est chère.

Nous décidons de prendre un peu l'air devant l'impossibilité de parler librement dans la maison. Nous quittons les lieux sous le regard inquiet de son défunt frère. La journée passe, nous restons tous ensemble, mais personne n'est vraiment bavard. Chacun plus ou moins prisonniers de ses propres pensées, ses propres tourments. Marcus a tendance à regarder sans arrêt autour de lui, à la recherche de celui qui en veut à son âme. Son attitude à un effet miroir sur moi et j'en fais de même. Peut-être suis-je capable de le voir venir après tout.

Fatigués de papillonner comme des morts-vivants dans le parc où nous sommes, nous choisissons de rentrer. Il n'y a eu aucun changement. Cela s'est même un peu apaisé pour mon ami. Il se sent toujours épié, mais n'entend plus d'écho de rire dans sa tête pour le moment. J'espère simplement que ce n'est pas le calme avant la tempête.

Nous passons par le centre-ville, avec cette belle journée ensoleillée, sans aucun nuage à l'horizon, beaucoup de personnes sont de sortie. Nous attendons à l'intersection que le feu pour piétons passe au vert pour traverser. D'un coup, un rire très sonore et démoniaque retentit à mes oreilles. Puis je vois au loin la silhouette du mangeur d'âme. Je ne peux pas me tromper avec sa tenue, je le reconnais parfaitement. Un froid glacial me parcourt. La chair de poule envahit tout mon corps. Je sais à cette seconde que le pire va arriver. Je n'ai pas le temps de faire quoi que ce soit qu'un véhicule fonce à toute allure, grille le feu rouge et percute une autre voiture la propulsant plusieurs mètres plus loin. Le choc est assourdissant. Le chaos gagne les lieux. Sur le moment, je ne comprends pas le rapport entre notre ennemi et l'accident. Puis je tourne la tête et je vois Marcus, allongé sur le sol, une flaque de sang se forme sous lui. Un débris lors du choc s'est planté dans son flanc droit. Laurine, qui se rend compte à son tour de ce qui se déroule sous nos yeux s'effondre sur son amoureux. Elle tente de faire compression sur sa plaie pour arrêter l'hémorragie. Un torrent de larme s'écoule sur ses joues, elle hurle, mais la flaque de sang se transforme en une marre. Il ne réagit plus, tombé dans le coma ou peut-être déjà mort. Victoria qui réagit à son tour court vers notre amie, lui met une main sur l'épaule, mais celle-ci la repousse violemment en criant de la laisser.

Malheureusement, cela ne sert plus à rien. Je vois l'esprit de Marcus à côté de nous. Il me regarde, me demande de prendre soin de sa belle et s'embrase devant mes yeux. J'aperçois une dernière fois le mangeur d'âme avant qu'il ne s'évapore dans les airs. Il lui a pris son âme, maintenant, il se retire jusqu'à sa prochaine victime…

Je me rapproche à mon tour de Laurine, j'essaie de lui dire que c'est fini, qu'elle ne peut rien faire. Il est parti. Mais elle refuse de m'écouter. Elle ne lâche pas son amoureux, continue de faire compression malgré la marée de sang autour d'elle. Ses vêtements sont souillés par ce liquide de couleur rouge. L'odeur métallique nous prend au nez. Cette scène d'horreur s'immortalise dans nos esprits à jamais.

Des personnes viennent nous aider. Ils prennent en main Laurine qui se débat, hurle, ne veut pas être séparée de lui. Elle est hystérique. Victoire a les larmes qui coulent à flot, elle ne sait pas comment aider son amie. Quant à moi, toujours en état de choc, je ne réagis pas. Tout ce qui m'entoure semble baigné dans un brouillard. Quelqu'un vient vers moi et m'emmène un peu plus à l'écart avec Victoria pendant que d'autres tentent toujours de calmer notre autre amie.

Je ne sais pas combien de temps s'est écoulé. Les secours sont enfin là. Ils s'occupent de nous, et de Laurine. Ils lui ont administré un tranquillisant. Elle s'est endormie.

Nous avons demandé de pouvoir monter dans le même camion de pompier qu'elle, mais cela n'est pas possible d'après eux. Nous la suivons donc dans un second véhicule, main dans la main, pour se soutenir mutuellement, en silence.

À l'hôpital, nous sommes séparées dans deux box différents pour être prise en charge. Prise des constantes, pulsations, tensions, saturations… Cela me rappelle ma dernière visite ici. Juste après notre séance de Ouija, le commencement de tout ce merdier. Qui aurait cru qu'avec une simple planche gravée d'une suite de lettres on pouvait provoquer tout cela ? C'est complètement dingue. Ne pas jouer avec des choses qui nous dépassent. Mais comment aurait-on pu savoir ? Ouais, bon, il y a peut-être des avertissements. Mais quand on n'y croit pas…

D'un coup, une idée me vient en tête. La planche, elle pourrait peut-être nous servir contre le mangeur d'âme. Le faire venir à nous ! Mais après quoi ? Comment l'anéantir une fois invoqué… Je ne sais pas encore, mais je garde cela en tête, on ne sait jamais. C'est peut-être une piste exploitable.

« À très bientôt mon amour. »

Plusieurs jours ont passés depuis le triste accident. Victoire et moi-même avons pu rentrer chez nous. Laurine a été quant à elle transféré en unité psychiatrique. Le choc l'a vraiment anéantie. Elle est le plus clair du temps sous tranquillisant pour tenter de l'apaiser. Nous pouvons aller la voir, mais très brièvement. Ce n'est plus du tout la même personne. Elle s'est renfermée sur elle-même. Les cheveux en bataille, le teint blafard, des yeux noirs cernés. Je pense également qu'elle a perdu quelques kilos, ses joues sont plus creusées qu'à la normale, ses bras et ses cuisses sont plus fins.

Aujourd'hui, ce sont les obsèques de Marcus. Ils ont accepté que notre amie puisse être présente pour l'aider à faire son deuil. Elle est inerte, ailleurs… Ne réagit pas quand on lui parle. Je pense qu'elle est toujours en état de choc. Cela fait beaucoup trop à assimiler, son esprit a créé un blocage pour se protéger de cette souffrance.

Me concernant, je n'ai même plus de larme. Ma colère prend le dessus sur ma tristesse. Je pleurerai nos morts quand j'aurais mis fin à toutes cette histoire. Je pense que c'est la solution qu'a trouvé mon cerveau pour me permettre de continuer malgré tout. Chaque personne a sa façon de réagir.

Après la cérémonie, nous rejoignons sa mère dans sa demeure. Elle aussi est complétement anéantie. Elle vient de perdre la dernière personne de sa famille. Elle a vu mourir ses deux enfants. D'ailleurs, Mickael est présent, à côté d'elle. Il la soutient comme il le peut. Peut-être qu'elle ne s'en rend pas compte, mais qu'au fond d'elle-même, cela fonctionne… Je ne sais pas, ce monde est tellement complexe. Je ne sais plus ce qui est possible et ce qui ne l'est pas.

À la fin de la journée, un ambulancier d'une trentaine d'année en blouse blanche vient récupérer Laurine. C'était la condition, pour ne prendre aucun risque, en cas de crise par exemple, c'est le personnel hospitalier qui la ramène à destination. Elle ne se débat pas, se laisse raccompagner sans protestation. Elle s'arrête juste un moment devant la porte d'entrée puis prononce ses mots :

— À très bientôt mon amour.

Cela provoque une vague de frisson dans tout mon corps. Est-elle la prochaine ? Le mangeur d'âme est-il déjà à ses trousses ? Victoire ayant tout entendu elle aussi, me prend le bras et se cale contre moi. Toutes les deux impuissantes. Nous la regardons partir la gorge nouée.

Elle n'a jamais été du genre dépressive, au contraire. Elle a toujours été combative, rien ne l'a jamais anéanti jusqu'à aujourd'hui. Mais en même temps, quand elle aime quelqu'un, elle donne tout. C'est avec tout son être qu'elle ressent les choses. Alors tous ces malheurs, surtout le décès de sa moitié, a eu raison d'elle. La dépression peut vraiment survenir à tout moment et chez tout le monde. Tout dépend de ce que les gens vivent et ressentent au fond d'eux. Mais j'avoue que je n'aurais jamais pensée voir mon amie un jour dans cet état-là. J'espère qu'elle ne se sent pas coupable d'avoir amené la planche Ouija à mon anniversaire ! Je n'ai jamais pensé à aborder le sujet, en même temps, je ne lui en ai jamais voulu, elle ne pouvait pas savoir et puis nous étions tous d'accord pour faire ce jeu débile. Mais elle, que pense-t-elle ?

Il faut que j'arrive à lui en parler, je ne veux pas qu'elle se sente coupable de ce qui nous arrive, du décès de Théo et surtout de Marcus. Si elle pense que c'est à cause d'elle qu'il est mort, c'est certain qu'elle ne s'en remettra jamais. Mais je ne peux pas faire cela aujourd'hui. Elle n'a plus droit aux visites pour le reste de la journée. J'espère qu'elle va s'accrocher, qu'elle va continuer à se battre.

Tu es une warrior Laurine, tu dois être forte ! Dis-je dans ma tête comme si elle pouvait recevoir mes paroles par télépathie. Je ne te laisserai pas tomber ! Promis !

Il est temps pour nous de quitter la mère de Marcus. Elle nous prend dans ses bras, les larmes coulent encore de ses yeux rouges bouffies le long de ses joues. J'aimerais tellement pouvoir en faire plus, pouvoir la consoler. Je n'imagine même pas la détresse qu'elle ressent en cet instant. Heureusement, des personnes proches d'elle dont quelques collègues restent avec elle pour ne pas la laisser seule dans cette épreuve.

Mes parents ainsi que ceux de Victoria se sont mis d'accord pour que nous soyons ensemble cette nuit. Soit chez moi, soit chez elle, mais que nous ne restions pas seules à ruminer cette nouvelle perte. Comme les évènements ont commencé de chez moi. Nous décidons d'aller chez elle. Cela ne change probablement rien, mais nous préférons ainsi.

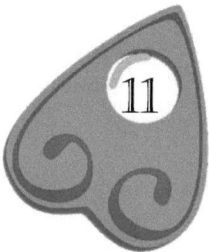

« J'entends un mouvement furtif derrière la porte, je fonce vers celle-ci pour surprendre le mangeur d'âme. »

C'est ainsi qu'après de longues heures à tenter de dormir sur le matelas gonflable d'une personne que l'on a installé à côté du lit de mon amie que j'ai enfin réussi à rejoindre les bras de Morphée. Quand j'ouvre les yeux, je vois la pièce délabrée de nouveau. Je me retrouve à même le sol, ma couchette étant complètement dégonflée. Le lit où devrait se trouver Victoria n'est plus en ce jolie métal peint d'un joli blanc nacré, mais est envahi par la rouille. Son matelas déchiré sur tout le côté gauche et ses draps habituellement tirés aux quatre épingles, sont en boule. Les stores à ses fenêtres sont tachés, cassés. Les vitres derrière sont brisées. Son papier peint rouge et blanc est déchiré de partout laissant apparaître le mur en béton en dessous. La porte de sa chambre où sont accrochés quelques vêtements sentant la moisissure à cent lieux sont maintenant dans un état pitoyable, la poignée n'est même plus à sa place. La penderie est sens dessus dessous. Les meubles en bois ont l'air d'avoir été attaqué par des mites.

J'entends un mouvement furtif derrière la porte, je fonce vers celle-ci pour surprendre le mangeur d'âme. Quand j'ouvre, ce n'est pas sur lui que je tombe, mais sur mon amie. Je sursaute de peur et elle aussi.

—Oh, excuses-moi, je ne voulais pas te faire peur. Tu dormais bien alors je ne voulais pas te réveiller, me dit-elle.

Je ne comprends plus rien, ne suis-je pas en train de dormir ? Je me retourne et vois la chambre dans un parfait état. Tout est redevenu normal. Je reste là, comme une idiote. Puis, je me souviens de l'histoire de la femme sur internet. Elle commençait à voir ces lieux même en étant éveillée. C'est, je pense, ce qui commence à arriver avec moi également.

Ne pas paniquer, ne pas paniquer. Je décide tout de même d'en parler à mon amie. Mais nous sommes impuissantes face à ce phénomène qui me ronge. Nous n'avons aucun remède miracle à ce problème. Ni aux autres d'ailleurs.

Ses parents nous ont préparé un petit déjeuner. Brioche faite maison, pâte à tartiner, beurre, confiture, jus d'orange… Je n'ai pas très faim, mais je mange un peu pour leur faire plaisir. Ils ne restent pas avec nous, ils doivent aller travailler. Ils font un bisou à leur fille et me disent au revoir et de ne surtout pas hésiter à les appeler en cas de besoin. Victoria n'est pas dans l'obligation d'aller en cours non plus, pas avec tous ces évènements. Ils préfèrent que l'on reste ensemble, soudées pour affronter ce dur moment. De toute manière, nous ne sommes pas en état de suivre normalement les cours. Ils espèrent juste que nous ne prendrons pas trop de retard pour les épreuves du BAC. Mais tout comme mes parents, ils pensent d'abord à notre santé et s'il le faut, redoubler notre dernière année. Une année, c'est quoi dans une vie ? Cela ne m'enchante pas des masses, mais c'est le cadet de mes soucis pour le moment. Et puis, si nous ne trouvons pas de solution, nous n'aurons pas notre diplôme, que cela soit à la fin de l'année, comme l'année prochaine.

En fin de matinée, Victoria reçoit un appel de sa tante. Elle vient prendre de nos nouvelles. Bien entendu, elle est au courant du malheur qui nous a encore frappé. Elle s'inquiète énormément pour nous, et surtout, pour sa nièce. Elle n'en a pas parlé aux parents de mon amie. Ils sont très réfractaires à son univers, il ne la croirait pas même si leur propre fille confirmait les évènements. Ils diront que c'est elle influence son discernement en suggérant ces faits et dans le pire des cas, lui interdirait de lui parler sous prétexte que cela perturbe leur seul enfant.

Elle nous informe qu'elle a réussi à contacter un démonologue qui s'est penché sur notre cas. Il est très difficile de se défaire d'un mangeur d'âme qui s'est attaché à vous. La seule personne qui soit en état de faire quelque chose, est celle, qui est capable de voir les esprits. Il puise ses pouvoirs en elle, c'est pour cette raison qu'elle a cette capacité. En prenant son énergie, il lui donne un peu de ses facultés. L'équilibre des choses, il prend et donne en même temps. Le seul moment où il est possible de le vaincre, c'est lors d'une de ses apparitions. Il doit avoir quelque part sur lui un cercle orné d'un pentacle. C'est ce qu'il faut viser, détruire, c'est son point faible, son talon d'Achille. Ce symbole est l'instrument qui lui permet de se manifester dans notre monde. S'il disparait, il sera bloqué dans le sien et ne pourra plus agir sur les vivants. Il n'aura plus aucune emprise sur qui ou quoi que ce soit.

C'est tout ce qu'elle peut nous dire. Nous la remercions pour ces précieuses informations et mettons fin à la discussion non sans que Victoria lui promette de faire attention.

Mon cerveau fait tilt aussitôt, j'ai vu ce cercle dans son dos. Je n'ai pas pu détailler davantage, mais je suis certaine que c'est ça ! Mais comment l'atteindre ? Comment me retrouver si proche de lui et derrière de surplus ! Et puis, le détruire avec quoi ? Il suffirait de déchirer sa cape ? Il n'y a aucune protection ? Ses réflexions suscitent beaucoup d'autres questions. Nous avançons vers la solution, mais ce n'est pas encore suffisant. Et puis, je me retrouve avec un poids énorme sur les épaules. Notre futur dépend entièrement de moi. De quoi bien mettre la pression !

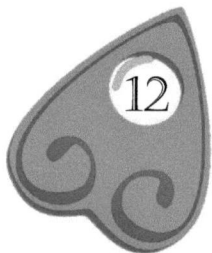

« J'ai réussi, j'ai quitté ce monde injuste, cruel, dit-elle simplement. »

Mon cerveau fuse dans tous les sens. Les paroles de sa tante raisonnent constamment dans ma tête. C'est à moi de les sauver. Suis-je assez forte pour ça ? Oui, je dois l'être, je ne peux pas les laisser tomber. Je dois venger également Théo et Marcus ! Je peux le faire ! Je dois le faire ! C'est une question de vie ou de mort, je n'ai pas vraiment le choix. Malgré la terreur qui tenaille mes entrailles, il faut que je réussisse. Je dois mettre fin à ce cauchemar ! Il y a eu assez de morts comme ça.

Pendant que j'essaie de rester positive dans ma tête et de ne pas me laisser envahir par la peur -chose vraiment pas facile- nous prenons la route pour aller voir notre amie à l'hôpital psychiatrique. Il ne faut pas que je lui montre mes doutes, je dois être courageuse, elle a besoin de force.

Arrivée sur place, nous longeons les couloirs blancs de l'établissement. Devant la porte de sa chambre, son père s'y trouve en pleine discussion avec une personne, un médecin je suppose, vêtu d'une longue tenue blanche, des stylos alignés dans la petite poche cousu en haut à gauche de sa blouse. En nous approchant, je peux lire sur son badge, accroché quant à lui du côté droit, Docteur Morisson, psychiatre. Son père a vraiment une petite mine, des cernes et poches noires sous ses yeux bleus ainsi qu'une barbe de trois jours, lui qui d'habitude est toujours rasé de près. Nous restons légèrement en retrait pour les laisser discuter tranquille, mais malgré tout, assez proche pour entendre la conversation.

—Elle nous a fait une grosse crise d'hystérie criant je cite « Vas-y, je t'attends, je n'ai pas peur de toi ! ». Nous avons dû la sédater pour la tranquilliser.

Son père soupire, vraiment inquiet pour sa fille. Cela fait des années qu'il s'occupe d'elle seul. Sa mère est partie vivre une autre histoire les laissant tous les deux alors que Laurine n'avait que quatre ans. J'ai toujours pensé que sa combativité venait de ça. Ce traumatisme l'a renforcée. Son père devant gérer son éducation, le travail, le foyer… Comme toute personne monoparentale, mais cela n'a pas été facile pour lui. Laurine en a toujours été consciente et a toujours fait en sorte d'aider au maximum son père.

La discussion avec le médecin terminé, il se retourne est vient vers nous, nous ayant aperçu. Il nous explique donc que notre amie est profondément endormie. Nous pouvons aller la voir, mais nous ne pourrons pas lui parler. Il s'excuse, il doit y aller, il doit aller travailler. Il se sent coupable de devoir continuer à travailler malgré l'hospitalisation de sa fille. Il se justifie en disant qu'il ne peut pas se permettre de prendre des congés, il a déjà des dettes et il doit gagner de l'argent. De toute manière, elle est endormie… Je perçois la détresse dans ses yeux, dans sa voix… Ce déchirement, cette sensation d'être un mauvais père dans cette situation. Je le rassure en lui disant que je comprends tout à fait et que sa fille comprendrait également et qu'elle n'est pas seule, que nous sommes là. Il me remercie et se sauve après avoir fait un dernier baiser à sa fille endormie dans son lit médical, sous des draps blancs en coton.

Nous entrons à notre tour dans la pièce. Laurine semble apaisée, ses traits sont détendus. Ce n'est peut-être pas plus mal de la faire dormir, elle ne semble pas souffrir du moins apparemment. Même si cela ne lui permettra pas de faire son deuil…

Une adolescente brune, les cheveux en batailles, vient d'apparaître dans la chambre. Elle a traversé le mur juste en face de notre amie. Elle crie :

—Pourquoi suis-je encore ici ? Laissez-moi m'en aller ! Je veux partir !

Elle semble hystérique, une lame de rasoir dans sa main, une plaie sur son avant-bras gauche qui démarre de son poignet et qui monte jusqu'au creux de son coude. Elle se tire les cheveux, semble complètement folle. Elle me perce les tympans tellement elle hurle. Je mets mes mains sur les oreilles par reflexe. Elle me voit, s'arrête un instant et vient vers moi.

—Ah toi, tu me vois ! Fais-moi sortir d'ici ! Ils font tous semblant de ne pas me voir, ni de m'entendre ! Je deviens folle ici !

Agacée par le ton de sa voix, je lâche :

—Ils ne font pas semblant, ils ne te voient réellement pas.

—Comment ça ? Se calme t'elle surprise par ma réponse.

—Tu es morte. Et d'après ce que je peux voir, tu t'es suicidée en t'entaillant les veines.

Elle me regarde avec de grand yeux ronds couleur noisette. Elle baisse son regard vers sa main droite, où se trouve son arme puis dérive sur son bras gauche où elle remarque enfin sa blessure mortelle. Un grand sourire apparait sur son visage. Il s'illumine.

—J'ai réussi, j'ai quitté ce monde injuste, cruel, dit-elle simplement.

Puis elle disparaît petit à petit de ma vue. Elle avait juste besoin de prendre conscience qu'elle avait réussi son suicide…

« Puis au loin, une silhouette qui se démarque des autres. Un homme habillé de noir, d'une cape noire. Le mangeur d'âme ! »

—Nouveau fantôme ? Me questionne Victoria.

—Oui, une adolescente, heureuse d'avoir réussi à s'ôter la vie… C'est…

—Glauque

—Ouais…

D'un coup, les lieux changent. Les lumières au-dessus de nous se mettent à clignoter. Je suis la seule à le voir évidemment.

Le sol se détériore, formant des griffures sur ce qui ressemble à un lino. Des fissures apparaissent sur les quatre murs blancs. Les vitres se salissent laissant des traces verdâtres sur chacune d'elle. De la moisissure vient se déposer sur tout le plafond. Dans la salle de bain, de la crasse s'est installé dans l'évier et les toilettes. Le pommeau de douche quant à lui fuit, mais c'est de l'eau brunâtre qui en sort. Une odeur nauséabonde s'en dégage.

Victoria me regarde interloquée, je lui explique. Je ne peux pas rester dans la chambre, les effluves de la salle d'eau me prennent trop au nez au point d'en avoir la nausée. Je sors dans le couloir. Tout est normal, propre. Je vois le personnel hospitalier à l'œuvre. Puis au loin, une silhouette qui se démarque des autres. Un homme habillé de noir, d'une cape noire. Le mangeur d'âme ! Je me mets à le suivre. Je ne sais pas ce que je ferai quand je serai devant lui, mais ce n'est pas grave, j'y réfléchirai quand ça sera le moment. Il tourne à l'intersection à deux mètres devant moi. J'arrive rapidement à celle-ci, mais je ne le vois plus. Un rire diabolique retentit. Il se moque de moi.

Il s'amuse à jouer avec mes nerfs. Mais s'il est là, cela veut-il dire qu'il va se passer quelque chose ? La panique me gagne d'un coup et je cours retourner dans la chambre de mon amie. Je déboule comme une furie à l'intérieur. Victoria se relève du fauteuil d'un bond me regardant avec des gros yeux, surprise.

—Qu'est-ce qui se passe ?

—Tout va bien ? J'ai vu le mangeur d'âme, j'ai eu peur qu'il se soit passer quelque chose d'horrible, lui répondis-je en reprenant mon souffle.

—Rien n'a changer. Elle dort toujours paisiblement.

Rassurée, je me pose, mes mains sur mes jambes le temps de retrouver mon second souffle. Fausse alerte. Tout ceci va vraiment me faire devenir cinglée. Si je ne finis pas dans cette unité moi aussi, j'aurai beaucoup de chance.

Nous restons une petite heure auprès de Laurine. Elle n'a pas bougé d'un poil. Ce n'est pas aujourd'hui que l'on va pouvoir lui parler. Je me sens frustrée, impuissante. Une infirmière entre dans la pièce vérifier que tout va bien. J'en profite pour lui demander si elle sait dans combien de temps environ elle va se réveiller. Elle me répond que ce n'est pas une science exacte. Les personnes réagissent différemment, dorment plus ou moins longtemps avec les sédatifs et qu'elle en a eu une bonne dose afin de pouvoir la calmer. Elle ne pense pas qu'elle va se réveiller tout de suite sachant qu'elle a reçu le traitement peu de temps avant notre venue. Et puis, même quand elle ouvrira les yeux, elle risque d'être encore dans un état comateux un petit moment. Elle nous conseille de revenir demain si nous voulons lui parler. Cela risque d'être compliqué aujourd'hui. Je la remercie puis elle retourne à ses occupations.

Il faut attendre pour pouvoir discuter avec elle, sauf que le temps nous manque. Il peut attaquer à tout moment. Je ne sais même pas qui sera la prochaine victime. Laurine ou Victoria ? Je me dis pendant une seconde que s'il vise ma camarade de classe, je serai présente. Je pourrais peut-être faire quelque chose pour empêcher ses agissements. Puis les images de Marcus me reviennent. J'étais là, j'étais présente. Mais je n'ai rien pu faire du tout. Je n'ai même pas eu le temps de comprendre avant qu'il soit trop tard. Alors, qu'est-ce que je pourrais bien faire de plus que cela concerne l'une ou l'autre ? J'ai envie de m'arracher les cheveux. Tout cela me dépasse complètement. Comment une ado – enfin jeune adulte maintenant – peut s'opposer à un démon ? Je n'ai aucune expérience dans ce domaine. Je n'y croyais même pas, il y a encore quelque temps ! C'est juste inimaginable. Je vis un cauchemar. Il nous faut un plan et vite.

Après de nombreuses hésitations entre partir ou bien rester auprès de notre amie au cas où il se passerait quelque chose. Nous choisissons de la laisser se reposer tranquillement. Même si c'est avec une boule au ventre que je quitte sa chambre en jetant un dernier regard vers elle.

Nous retournons chez Victoria pour réfléchir à la suite. J'en profite aussi pour passer un coup de téléphone à mes parents pour ne pas qu'ils s'inquiètent et donner des nouvelles de Laurine. Je peux entendre de l'inquiétude dans la voix de ma mère. J'aimerais tellement pouvoir la rassurer. Lui dire que tout va bien, que je vais bien. Mais ce n'est pas le cas.

« —Elle…Elle est…en soin intensif, se contente-t-il de dire difficilement entre deux sanglots avant de s'effondrer davantage. »

Comme la nuit précédente, j'ai dormi dans la chambre de Victoria sur le matelas gonflable. Enfin, dormi… c'est un bien grand mot. Je n'ai pratiquement pas fermé l'œil. Un mauvais pressentiment m'envahit depuis hier soir. Je sens au fond de moi qu'il s'est passé quelque chose de grave. Je ne saurais pas l'expliquer, une sorte de sixième sens. J'attends donc patiemment que mon amie se réveille. Non pas que j'ai envie de lui dire ce que je ressens, mais elle a besoin aussi de sommeil avec tout ça.

Quand elle ouvre enfin les yeux, je ne lui laisse même pas le temps d'émerger que je lui dis mon ressenti. Elle essaie de relativiser en disant qu'avec ce qui se déroule en ce moment, cela est tout à fait normal. Que je m'inquiète pour Laurine tout simplement. Mais dans le doute, elle se dépêche tout de même de s'habiller. Elle prend des affaires un peu au hasard, un jean bleu, un haut noir très simple. Puis nous descendons prendre quelques petits trucs à grignoter dans la cuisine.

J'ai envie d'appeler le père de notre camarade. Mais je ne sais pas si cela est une bonne idée. Tant pis, je le fais quand même. La sonnerie retentit plusieurs fois, puis je tombe sur le répondeur. J'essaie une seconde fois, pareil. Victoria me dit qu'il doit sûrement être au travail et qu'il ne peut tout simplement pas répondre. Mais je suis sceptique. Sa fille est hospitalisée. Je serais à sa place, je garderais mon téléphone près de moi prête à répondre au cas où l'hôpital m'appellerait pour me donner des nouvelles d'elle.

Cas de force majeure, je contacte l'unité où elle séjourne. Une dame me répond. Je lui demande donc comment va mon amie.

Je sens comme une hésitation dans sa voix. Elle me répond qu'elle ne peut actuellement rien me dire à son sujet. Que je devrais voir avec son père et qu'elle est désolée.

Mon pressentiment se confirme. Je ne cherche pas plus loin et en informe Victoria. Nous prenons nos affaires et allons directement sur place.

Arrivées à destination, nous voyons son père, dans le couloir, en pleurs. Une femme du personnel soignant à ses côtés, une main sur son épaule gauche, essayant de le réconforter. Nous avançons prudemment. Mon cœur n'a jamais battu aussi fort dans ma poitrine. Quand il nous aperçoit enfin, il nous demande ce que nous faisons là. Il a vraiment une sale mine. Il est très pâle, les yeux rouges bouffis cernés de noir. Il peine à respirer à force de pleurer. Je lui explique donc qu'on voulait de ses nouvelles et qu'on a essayé de le joindre alors sans réponse nous sommes venues directement.

—Elle…Elle est…en soin intensif, se contente-t-il de dire difficilement entre deux sanglots avant de s'effondrer davantage.

L'aide-soignante à côté de lui nous explique alors que pendant la nuit, elle s'est levée et en a profité pour dérober un maximum de médicaments dans l'un des chariots des infirmiers.

Elle argumente qu'il y a moins de personnel la nuit et qu'il est plus difficile de surveiller tous les patients. Ses excuses, j'en m'en fiche un peu. Tous ce que je retiens, c'est que Laurine est en soin intensif. Ils lui font un lavage d'estomac en espérant que cela ne soit pas trop tard. Seul le temps nous le dira maintenant.

Mes jambes ont du mal à me soutenir, elles sont comme en coton. Nous nous accrochons l'une à l'autre avec Victoria. Elle doit se battre, elle doit survivre. Elle ne peut pas nous laisser. Je veux aller la voir, mais on nous dit que cela est impossible. Seul son père est autorisé à lui rendre visite. Je vois les yeux de mon amie se remplir de liquide, même si aucune larme ne coule. Veut-elle rester forte pour moi ? Pour nous ?

Nous passons toute la journée à l'hôpital en attendant de ses nouvelles. Quand d'un coup, j'entends encore ce rire démoniaque que je ne supporte plus. J'ai envie de crier de la fermer. De lui dire toutes les injures possibles. Mais je me contrôle. Du moins, pour l'instant. Quelques minutes plus tard, la même aide-soignante que tout à l'heure s'approche de nous.

—Le père de Laurine m'a demandé de venir vous voir... Je suis désolée... Mais votre amie n'a pas survécu... Ses organes ont malheureusement lâché les uns après les autres. Nous n'avons rien pu faire.

Cette fois, nous nous écroulons toutes les deux. S'en est trop. Il faut que cela cesse maintenant ! Je ne supporterai pas de perdre ma dernière amie encore vivante. Je n'ai même pas pu dire à Laurine qu'elle n'y est pour rien. Qu'elle n'est coupable de rien. Elle est partie sûrement avec la culpabilité d'avoir provoquée tout ça. Et je ne le supporte pas. Je vais faire payer à ce mangeur d'âme ! Il ne s'en sortira pas comme ça !

« ... ton idée est très dangereuse. »

Ce que je ressens à présent, c'est de la rage et de la détermination. Je n'ai toujours pas fermé l'œil. J'ai ruminé toute la nuit et me suis fait un plan dans ma tête. Enfin presque un plan. Je dois être devenue folle, ma raison n'existe plus, mais je m'en moque. Seule la vengeance m'obsède en cet instant. Je vais mettre un terme à tout cela une bonne fois pour toute. Cela a assez durée. J'ai attendu trop longtemps pour agir. Dès que l'idée m'ai venu, j'aurais dû le faire. Je demande à Victoria où se trouve la planche Ouija. Je ne l'ai pas revu depuis ma soirée d'anniversaire.

—Je ne sais pas, nous ne l'avons pas récupérée suite à ton malaise… Tes parents l'ont sûrement conservée.

Je me lève et sors de sa chambre. Je pars chez moi. Elle se lève à son tour pour me suivre.

—Qu'est-ce qui a ? Tu penses à quoi ?

—Je t'expliquerai quand j'aurai retrouvé la planche.

Je passe la porte de ma maison avec mon amie à ma suite. Mes parents sont là. Ma mère passe l'aspirateur pendant que mon père s'occupe de papiers administratifs. Quand ils me voient, leurs regards s'illuminent. Ma génitrice me prend même dans ses bras.

—Bonjour maman, dis-je quand elle me relâche enfin. Dis-moi, tu n'aurais pas récupéré une planche en bois avec des lettres dessus après la soirée ?

Je ne passe pas par quatre chemins, le temps presse.

—Oui, en effet, elle était restée sur la table basse dans le salon. Cela m'a d'ailleurs surprise. s

—Elle est où ?

—Pourquoi ? Tu ne veux pas t'en servir j'espère ?

—Mais non, ne t'inquiètes pas. Elle est à Laurine et… Et je voulais la remettre à son père. C'est peut-être bizarre. Mais je…je préfère comme ça, bredouillé-je.

—Oh, je vois… Dans ce cas. Chéri, tu veux la bien lui apporter ?

Mon père monte à l'étage et redescend quelques petites minutes après avec l'objet en question. Il me détaille pendant une seconde, puis me le tend. Je le remercie et puis monte dans ma chambre afin de discuter de mon idée avec ma camarade. Je me pose sur mon lit en tailleur et elle s'installe sur ma chaise de bureau.

—J'ai un service à te demander, commençais-je.

—Dis-moi ? pourquoi la planche ?

—Je vais invoquer le mangeur d'âme. Mais j'aurais besoin de l'aide de ta tante. Je ne veux pas invoquer un autre démon ou je ne sais quoi d'autre. Elle s'y connaît, elle est médium, elle peut sûrement nous aider.

—Mais tu es complètement folle ! s'exclame Victoria.

Possible en effet…

—Écoute, j'en ai marre de rester là et voir tous mes amis partir un par un. Il ne reste plus que toi ! Donc, soit ta tante peut et veut bien m'aider, soit je me débrouille toute seule ! Sachant que ta tante peut, du moins, je le suppose, nous protéger lors de cette séance. Tu peux au moins lui en parler ?

Elle réfléchit, et me fixe avec son regard apeuré.

—Tu ne me laisses pas vraiment le choix. Je ne vais pas te laisser prendre tous ces risques toute seule. Allons la voir.

Quand nous arrivons à la boutique, sa tante sort à peine d'une séance avec une cliente. La même dame que l'autre jour et le monsieur à ses côtés. Celui-ci me regarde, me fait une révérence et me sourit avant de suivre ce qui je pense être sa dulcinée. Il va rester auprès d'elle jusqu'à la fin ? Je ne sais pas si cela est romantique ou triste… Bref, je ne suis pas là pour ça. Suis-je devenue sans cœur ? Ou j'essaie tellement de refouler toutes mes émotions que je deviens froide.

La médium nous invite à l'arrière de la boutique et nous sert des biscuits avec un thé noir bien chaud. Victoria pendant ce temps lui expose notre plan, enfin le mien. Elle ne semble pas s'offusquer par la demande, ni surprise. Elle y réfléchit simplement et calmement. Un long silence s'installe en attendant sa réponse. Puis, elle prend enfin la parole.

—Je vois, comme je l'ai déjà dit, je ne suis pas une experte en démonologie. Mais bien entendu, je connais bien le Ouija. Je peux vous protéger. Du moins, je peux défendre ma nièce. Mya, je ne sais pas si je pourrai en faire autant pour toi. Vu que tu dois réussir à entrer dans son monde… Je ne te serais d'aucune aide à ce moment-là. Mais je peux te guider pour l'atteindre. Vous avez la planche avec laquelle il a été invoqué. Il reste un part de son énergie dessus, cela devrait pouvoir m'aider à te lier davantage à lui en puisant dans chacune d'entre nous. Ton plan n'est pas mauvais, cela peut fonctionner. Du moins, pour ce côté du scénario. Mais ton idée est très dangereuse. Une fois dans son univers, comment vas-tu réussir à neutraliser son pouvoir ?

—Je ne sais pas encore mais je trouverai. Pas la peine de m'en dissuader. J'ai pris ma décision et c'est avec ou sans vous, m'affirmais-je en devançant mon amie qui s'apprêtait à prendre la parole.

Sa tante, après un regard vers sa nièce qui acquiesce dépitée, se lève et déclare :

—Très bien, dans ce cas, laisses-moi juste le temps de tout préparer.

16

« Ma respiration est bloquée, je commence à suffoquer. »

La médium place la planche sur la table ronde couverte d'une nappe blanche. Elle met plusieurs bougies de la même teinte tout autour et fait brûler de la sauge. Elle se concentre, on dirait qu'elle est en train de prier. Nous nous regardons avec Victoria et elle hausse les épaules pour me signifier qu'elle ne sait pas. Elle n'a pas l'habitude de voir sa tante travailler. Nous la laissons faire. Cela dure plusieurs longues minutes. Je suis impatiente que cela se termine. L'ambiance est un peu inquiétante avec cette lumière à peine tamisée. Il n'y a aucun bruit, c'est le silence absolu. Je sens la pression à l'intérieur de moi se manifester petit à petit. Je peux sentir les pulsations de mon cœur battre dans ma cage thoracique. Mais ce n'est plus le moment de reculer. Je dois être courageuse. Heureusement que la folie a pris le relais sur ma raison. Je ne pense pas que j'aurais réussi à sauter le pas. Laurine s'est suicidée pour mettre un terme à sa douleur, moi, je me lance dans la gueule du loup. C'est un peu la même chose non ? Il faut que j'arrête de penser et que je me concentre sur mon objectif.

Notre experte en science occulte semble fin prête. Elle nous demande de joindre nos mains. Elle respire profondément, concentrée, puis commence.

—Démon, mangeur d'âmes qui s'est entiché de ses deux personnes ici présente. Je te demande de te manifester ! Ta présence est réclamée ici et maintenant ! Permet à celle dont tu es lié de venir dans ton monde.

Elle répète ceci plusieurs fois. L'atmosphère commence à changer. Je me sens plus oppressée, je manque d'air. Ou bien, je vais faire une crise d'angoisse… Les bougies vacillent. Elle continue son monologue avec plus d'entrain. Je sens comme un très subtil vent glacial m'entourer. La chair de poule envahit tout mon être contractant tous les muscles de mon corps. Une fatigue immense me submerge. J'ai l'impression que cela fait une éternité que nous sommes là. Puis un rire retentit. Je regarde mon amie qui ne semble pas l'avoir entendu. Je détourne mon regard vers sa tante qui m'observe à son tour.

—C'est le moment. Fais attention à toi et courage.

Les bougies s'éteignent d'un coup. Je me retrouve dans le noir le plus complet. J'appelle Victoria, elle ne me répond pas. J'ai l'impression de me retrouver toute seule. Je ne sais pas ce que je dois faire. Je ne tiens plus aucune main. C'est le vide. J'angoisse. Il faut que je me reprenne en main. Je respire un bon coup et me lève. Je tâtonne autour de moi pour me repérer. Je percute la chaise où devait se trouver mon amie. J'avance à petit pas en direction de la boutique. Arrivée à celle-ci, je vois le lieu délabré. Bon, je suis dans son monde apparemment. Tous les objets sont renversés, cassés, éparpillés de partout. La porte d'entrée semble fracturée. J'hésite, suis-je bien dans l'univers du mangeur d'âmes ou s'agit-il d'un cambriolage ? La vitrine brisée et verdâtre ainsi que les murs remplis de moisissures noirâtres me confirment sans équivoque que la séance a bien atteint son but.

Que dois-je faire à présent ? Où se trouve-t-il ? Je fouille parmi les pendules, pendentifs, pierres et autres objets dispersés un peu partout afin de ramasser l'ustensile qui m'assurerait une protection et me permettrait de neutraliser mon adversaire. J'entrevois un collier orné d'un crucifix. Est-ce efficace contre lui ? Je ne sais pas, mais je le ramasse par terre et me l'attache autour du cou. On ne sait jamais. J'aurais peut-être dû penser à prendre un arsenal de gri-gri de ce genre avant de me lancer dans cette mission suicide. Même si cela est inefficace, au moins ça me rassure un peu. L'espoir fait vivre, parait-il.

J'entends quelque chose bouger dans mon dos. Je sursaute et me retourne. C'est le mangeur d'âmes.

—Qu'espères-tu faire en venant ici ? me dit-il de sa voix amusée et diabolique.

Cherche-t-il à me déstabiliser ? Si c'est le cas, eh bien, c'est réussi.

—Mettre un terme à tout cela.

—Oh mais tout sera très bientôt terminé, dès que j'aurai vos âmes, ricane-t-il à gorge déployé. En imaginant qu'il en ait une.

Je ne vois pas son faciès. Tout est sombre sous sa capuche. C'en est même agaçant. J'aurais aimé mettre un visage à ce monstre. Je ne prends pas la peine de lui répondre, je continue d'observer tout ce qui m'entoure à la recherche d'une arme improvisée. C'est là que je me rends compte que j'ai vraiment foncé tête baissée sans réfléchir. Il s'approche de moi pas à pas lentement, mais déterminé. Je recule, je ne sais pas comment m'y prendre. Je pivote vers la droite. Je vois le pied de la table basse cassée. Je me dépêche de la ramasser en manquant de peu de tomber dans ma précipitation.

—Que crois-tu faire avec ça ? Me le planter dans le cœur ? Je ne suis pas un vampire, ah ah ah !

En effet, ce n'est pas un vampire. Attend, est-ce qu'ils existent eux aussi ? Ce n'est pas le moment de se poser ce genre de question. Cela ne le tuera pas, à moins que j'arrive à atteindre son dos. Mais il ne se détourne pas de moi. Il continue son approche. Je continue de pivoter tout en reculant pour éviter qu'il ne me touche. Trop accaparée par lui, je ne fais pas attention à ce qui m'entoure. Je bute sur le fauteuil renversé et j'atterris sur les fesses. Aïe mon coccyx. Malheureusement, le temps de me relever, il arrive à ma hauteur. Il m'attrape par le cou, je tente de le poignarder avec mon bout de bois. Il l'envoie valser d'un simple geste de sa main gauche. Sa main droite m'étrangle, je ne touche même plus le sol avec mes pieds. Ma respiration est bloquée, je commence à suffoquer. Je lui donne des coups de pied pour tenter d'échapper à son emprise en vain. Je commence à voir des étoiles, ma vue se brouille.

17

« *Une douleur lancinante provient de ma tempe droite. Je la touche et remarque du sang qui coule le long de mon visage.* »

—Ce n'est pas encore ton heure, j'ai une autre âme à récupérer avant la tienne. Retournes chez toi, tu n'as aucune chance contre moi gamine.

Puis il me propulse contre le mur d'en face comme si je n'étais qu'une simple chaussette sale. La violence de l'impact me procure une douleur atroce. Mon corps tout entier me fait mal. Ma respiration retrouvée me brûle la trachée et les poumons. Je peine à reprendre mon souffle normal. Je regarde mon corps meurtri, je n'ai pas l'air d'avoir quelque chose de cassé. De bonnes courbatures, des ecchymoses pour sûr. Mais rien de bien grave. Mes vêtements sont dans un sale état. Mon jeans est déchiré au niveau de mes genoux qui saignent. Mon tee-shirt blanc ne l'est plus vraiment. Mais c'est un peu le cadet de mes soucis en ce moment. Il est vraiment beaucoup plus fort que moi. J'ai été peut-être un peu trop optimiste en pensant que je pouvais le vaincre. Je n'y arriverai pas sans aide. Mais j'ai un avantage, il ne souhaite pas me tuer. Du moins, pas pour l'instant. Je me relève difficilement. Il est dos à moi, persuadé d'en avoir fini avec moi. Je vois enfin correctement son dos. Il y a un cercle avec un pentacle à l'intérieur fait avec des os. Des crânes sont présents aux extrémités des pointes. Tout autour du cercle, des écritures inconnues sont présentes. Je ne sais pas ce que tout cela signifie et je m'en fiche. Tous ce qui compte, c'est que je dois le détruire. Je cherche mon bout de bois, mais il est trop loin de moi. J'observe s'il n'y a pas autre chose qui puisse faire l'affaire mais il n'y a rien. Des cartes, papiers, pierres… Du désordre, il n'en manque pas, mais ils ne me sont d'aucune utilité. Perdu pour perdu, je me lance vers lui afin de briser de mes propres mains ce que je convoite.

Il se retourne en une fraction de seconde et me propulse une seconde fois dans les airs. L'atterrissage me fait encore plus mal que le premier. Je suis étourdie. Une douleur lancinante provient de ma tempe droite. Je la touche et remarque du sang qui coule le long de mon visage. Ça fait affreusement mal. J'essaie de me relever, mais mes muscles sont fatigués, endoloris par le choc. J'aimerais tant que mes amis soient présents avec moi.

—Je vois que tu n'en fais qu'à ta tête. Je vais devoir changer mes plans.

Je ne vois pas son visage, mais je jure que s'il en a un, ses traits se sont crispés de rage. Il ne semble pas apprécier que je lui tienne tête. Alors qu'il s'avance de nouveau vers moi, je vois apparaître mes camarades. Théo, Marcus et Laurine. Une lueur rouge les entoure.

—Qu'est-ce… commence à balbutier le mangeur d'âmes.

—Mya, nous n'avons pas beaucoup de temps, nous allons l'immobiliser pour te permettre de l'atteindre, mais dépêches toi ! me crie mon cousin.

Ais-je une commotion cérébrale ? Cela est-il le fruit de mon imagination ? Un mirage ? Comment peuvent-ils être là ?

—Prends la dague sous le fauteuil ! Me lance mon amie.

Je reste là hagarde pendant une fraction de seconde ne maitrisant pas la situation. Puis je me ressaisis. Je peine à me lever, je lutte de toute mes forces pour réussir à me mettre debout. Tout en titubant, je me dirige vers le sofa encore debout que m'indique Laurine. Une dague s'y trouve bien. Je ne l'avais jamais vu dans la boutique auparavant. S'y trouvait-elle avant ? Sa lame est entièrement noire et recourbée. Le manche est quant à lui d'une couleur en argent et or fait dans un métal que je ne serais définir. Je l'empoigne et l'examine.

—Mya ! Dépêche-toi nous n'allons pas tenir encore longtemps ! me sermonne Marcus.

Je les contourne alors et me poste derrière le démon.

—Je te l'interdit ! Vous ne pouvez pas ! Ce n'est pas possible ! Ce n'est jamais arrivé ! Commence à paniquer le mangeur d'âmes.

Je lève la dague avec ma main droite tremblotante et poignarde mon ennemi puis je descends de façon à déchirer le cercle en deux. Dans le doute, je recommence de gauche à droite. Ma rage s'amplifie, je continue de le poignarder dans tous les sens. Il se met à crier. Je ne m'arrête pas pour autant. Je me défoule sur lui. Puis il commence à s'évaporer petit à petit, semblable à des morceaux de cendre qui se mettent à virevolter dans la pièce. C'est fini ? Réellement fini ? J'atterris sur mes genoux, épuisée, meurtrie. Puis je lève le regard vers mes alliées.

—Est-ce réellement vous ?

—Oui, je suis tellement désolée, je n'aurais pas dû vous abandonner Victoria et toi… Mais la douleur était trop vive, trop insupportable, me dit mon amie.

D'un coup, la lueur rouge qui émane d'eux devient blanche.

—Tu as réussi, c'est tous ce qui compte. Tu as sauvé Victoria et tu nous as libéré de son emprise. Nos âmes ne lui appartiennent plus. Nous sommes libres, m'informe Théo.

Puis ils disparaissent petit à petit, tout comme Pierre l'esprit de l'école.

18

« *Il est temps maintenant de faire notre deuil.* »

Je suis de retour autour de la table auprès de Victoria et de sa tante. Mes vêtements sont de nouveau intacts, je n'ai plus aucune plaie nulle part. Ais-je tout rêvé ? Pourtant, je ressens encore toutes les douleurs infligées à mon corps.

—Contente de te revoir parmi nous, me dit la médium.

—Comment ? Je… Tout ça s'est réellement passé ou j'ai rêvé ?

—Je te rassure, tout est bien terminé. Il n'y a plus d'ombre malsaine qui vous entoure. Vous êtes libéré de son emprise. Je te félicite ainsi que tes amis.

—Comment ça ? demande Victoria.

Malgré la fatigue que ce combat m'a provoquée, je lui explique dans les moindres détails les faits comme ils se sont produits. Elle mérite bien de savoir.

—Par contre, je ne sais pas comment ils ont pu venir à mon aide, conclu-je.

—Un petit coup de pouce de ma part, me répond la médium. Même si je n'étais pas présente, je ressentais le déroulement. J'ai fait tout mon possible pour les faire venir à toi pour t'aider. Et cela à fonctionner à merveille ! À plusieurs, nous sommes plus fort.

—Je vous remercie pour tout ce que vous avez fait !

Je me sens littéralement épuisé. Je baille de fatigue, mes paupières n'ont jamais été aussi lourdes. Mais avant de me plonger dans un profond sommeil, j'ai encore deux petites choses à faire. Je veux me débarrasser de tout cela avant de clore une fois pour toute cet épisode effroyable.

Après de longs remerciements, nous sommes de retour chez moi. Mes parents ne sont pas là, ils ont repris la routine du travail. Nous entrons dans ma chambre. Je me dirige vers mon ordinateur et l'allume. Je vais écrire un article sur l'expérience que l'on a vécu. Malgré toutes les recherches que j'avais effectuées, je n'avais rien trouvé de probant à part un témoignage peu détaillé. Je vais donc tout raconter, dans le moindre détail. Comme ça, si cela arrive à quelqu'un d'autre, j'espère que cela pourra l'aider. Je laisse également mon adresse mail et mon numéro de téléphone. Avoir un témoignage écrit, c'est bien, mais si je peux les aider davantage en dialoguant avec eux, pourquoi pas ! Je le rédige donc avec l'aide de mon amie et le publie.

Il me reste encore une dernière chose à faire. Je me lève de ma chaise de bureau et prends la planche Ouija que j'avais posé sur mon lit. Je ne sais pas ce que je dois faire avec. Dois-je la brûler pour qu'elle ne puisse plus faire de mal à personne ou la garder en mémoire de mes amis disparus et de ces évènements cauchemardesques ?

Après une longue réflexion avec Victoria, nous décidons de la garder, du moins, c'est moi qui vais en prendre soin. Elle n'en veut pas et comme elle dit, c'est surtout moi que cela à atteint. Cela ne sert à rien de la détruire. Des planches, il en existe énormément. N'importe qui peut s'en procurer, surtout avec internet. Et puis, on peut même en fabriquer soi-même. Alors qu'elle soit ici ou non, ne changera malheureusement pas grand-chose.

Je vais chercher une boite en carton vide dans mon garage et la range précieusement à l'intérieur. Je la place ensuite tout en haut de mon armoire, à l'abri des regards. Je ne sais pas si je la garderai toute ma vie, mais pour le moment, elle est très bien ici.

Maintenant, j'ai vraiment besoin de repos. Victoria me prend dans ses bras.

—Grâce à toi, nos amis sont enfin libres et sûrement déjà réincarnés dans un autre corps pour vivre une nouvelle vie. Ils nous manqueront, mais nous savons à présent que la mort, n'est pas la fin, me dit-elle.

C'est vrai, ils ne sont plus avec nous. Leur absence sera pour nous un vrai traumatisme. Mais ce n'est pas la fin. Ils vont vivre, loin de nous, sans aucun souvenir de tout cela, sans nous reconnaitre, sans que nous puissions les reconnaitre non plus. Mais nous savons qu'ils sont là quelque part. Il est temps maintenant de faire notre deuil.

Je ne peux m'empêcher malgré tout de repenser aux esprits que j'ai croisés. La femme sur le banc, l'homme qui recherche son épée sur ses anciennes terres. Savoir que de nombreux fantômes hantent notre terre. J'aimerais pouvoir les aider, les libérer pour qu'ils puissent eux aussi avoir une nouvelle vie.

Nous ne pouvons pas entrer de ce côté de l'univers et en ressortir. Je pense que cela est impossible. Une fois que l'on connaît l'existence de tout cela, on ne peut pas faire semblant de rien. Je veux les aider. Et je vais essayer de tout faire pour cela. Don ou pas, je vais m'intéresser de plus près au monde des esprits. Je compte sur la tante de Victoria pour m'en apprendre davantage, acquérir les connaissances requises, tout en sachant me protéger.

Je pense avoir trouver ma vocation, mon but sur cette terre.

PS : Que vous croyez ou non à tout cela. Ne prenez pas de risque. Ne touchez jamais à ces choses-là ! Où vous n'en sortirez peut-être pas indemne !

BIOGRAPHIE

Auteure normande, née près de Rouen. Maman d'un jeune garçon débordant d'énergie. Je ne peux me détendre réellement que dans les livres, par la lecture comme l'écriture. Cela me permet de m'évader, découvrir d'autres mondes et de vivre d'autres vies. Le monde fantastique m'attire comme un aimant, il y a tellement de possibilité dans cet univers. Tout est possible et imaginable, aucune barrière. C'est ce que j'aime, une liberté absolue. Je suis une rêveuse accomplie qui aime être dans sa bulle. C'est donc dans l'écriture et la lecture que je m'épanouie le plus.

BIBLIOGRAPHIE

-**Ombres Obscures l'intégrale**, (Roman), 2022.

-**Alina, Seconde Vie**, (Roman), 2021.

-**Mon chevet du soir**, (Recueil de nouvelles), *2020.*

« Le Code de la propriété intellectuelle interdit les copies ou reproductions destinées à une utilisation collective. Toute représentation ou reproduction intégrale ou partielle faite par quelque procédé que ce soit, sans le consentement de l'auteur ou de ses ayants droit ou ayants cause, est illicite et constitue une contrefaçon, aux termes des articles L.335-2 et suivants duCode de la propriété intellectuelle. »